E S P A C I O

Colección dirigida por
Norma Sturniolo

A B I E R T O

ESPACIO ABIERTO

Diseño y cubierta de
Manuel Estrada

ESPACIO ABIERTO

María Arregui

Saxo y rosas

ANAYA

1

Desde que Germán Almenar —el chaval que se sentaba en la última mesa— dijo que yo era una «niñata pija», y esto lo dijo a principios de curso, pasaba totalmente de él. Encima, «niñata». ¡Será gilipollas! Para mí, Germán Almenar, como si lo operan. Lo reconozco, Magda, eso pensaba hasta hace cuatro días. Lara también oyó el comentario y le faltó tiempo a la tía, qué lengua, para contárselo a todo el mundo.

A ti, Magda, no me lo niegues, no te caía mal Germán Almenar. Recuerdo una frase tuya en plena clase de mates. Lo recuerdo porque El Chino, el profesor de mates, se ensañó conmigo con su fina ironía. Me avergonzó, vamos. Nos estaba explicando los sistemas de ecuaciones, sería para noviembre o así. Tú, que parece que has nacido con las matemáticas aprendidas, me dices por lo bajo en medio de la explicación:

—¿Te has fijado en Germán Almenar? Está para perderse en la selva con él.

—Es un capullo.

—Ya. Pero de película. Tiene una boca que incita a morder.

—Pervertida. Magda, eres la leche. Me dijo que yo era una pija. Luego si yo soy una niñata pija, tú eres una pija, tú.

—De mí no dijo nada, *ma chérie. Pas du tout*. Está como Richard Gere en *Oficial y caballero*.

—¡Me sublevas con el francés y con Richard Gere, puede ser tu padre! ¡Qué pava eres! *¡Ma chérie...!*

—La señorita Raquel Borja sabrá qué incógnita despejar, estoy seguro, por el método de igualación.

¡Me pilló El Chino! Tenía esa habilidad. Yo hablaba sin quitar la mirada de la pizarra y, sin embargo, El Chino sabía que no atendía. ¡Qué antena tiene el tío!

—Despejaríamos «y» en la segunda e igualaríamos el resultado con el de la primera, convirtiendo el sistema en una ecuación con una incógnita.

¡Te pasaste, Magda! ¡Te salió todo seguido! ¡Eres un cielo! Entonces tú aún eras tú. Ahora no sé qué te pasa ni qué me ocultas. Quieres más a *Niebla* que a mí. Te ha entrado la depre, como a mi madre.

—No le preguntaba a usted, señorita Magdalena Almusaf, sino a su amiga —precisó el profesor.

—Disculpe, como nos miraba a las dos...

¡Qué morro le sabes echar! ¡Yo toda colorada, imagina! Vaya cabecita la tuya. Te llevaste toda la materia gris de Alfredo, tu gemelo. Perdona, me ha salido así. Ni siquiera sabía qué me preguntaba el profesor, un corte total. Me hubiera metido debajo de la silla. El Chino, sin dudarlo, anotó algo en su libreta de tapas verdes y la guardó en el bolsillo. ¿Qué escribiría? Les temíamos a sus anotaciones. Sabíamos que influían en la nota de la evaluación más que los exámenes. Me ridiculizó un pelín, claro. Tenía todo el derecho.

—Bien, señorita Raquel Borja, bien. ¿No le interesan las ecuaciones con dos incógnitas?

¡Pues no, la verdad! Mire, profe, me producen acné y diarrea, qué le voy a decir. Pero torcí la cabeza con un gesto ambiguo. El Chino sonrió para sí y le brillaron sus ojos diminutos.

Cerca de Navidad, durante un fin de semana en Calaluna, me explicaste los sistemas y aprobé, pura chorra. Tampoco fue suerte, es que haces fácil lo difícil. Contigo las matemáticas se convierten en un juego. Antes de que te pusieras borde, para Semana Santa te atacó el virus, te quería un montón. Ahora estás rarísima. Sabes que te aprecio, imbécil, pese a tu francés, tu ajedrez y tus notazas.

Me enrollo una barbaridad. Todo esto para decirte que tú ya pensabas, Magda, que Germán era un bollo. No me vengas ahora, como dijiste hace poco, que tampoco es para tanto.

Sucedió la primera semana de mayo, figúrate el caso que yo le hacía a Germán Almenar, estaba quemada con él. Lo pillaba muchas veces mirándome, pero siempre con cara de burla. Te podría decir el día exacto del incidente porque había recuperación de sociales. Tú te fuiste al Corte Inglés a comprar una guía de París. Lo dijiste así:

—En el hueco de estas dos clases aprovecho para comprar una guía. *Voilà, Paris!*

A veces me explico, Magda, por qué le caes gordísima a la gente, pareces gilipollas integral. Antes sufría cuando te criticaban. Ahora me agrada, qué malvada soy, cuando hablan mal de ti. A ver si de una vez te encuentras sola y abrumada y me cuentas. Pero eres inexpugnable. ¡Le encantará este adjetivo a la señorita Vocablos! En la próxima redacción se lo meto. En resumen, estás más rara que la calentura.

Como te decía, sucedió un día de mayo. Yo pensaba ensayar en el taller de música, ya sabes lo que me priva. En realidad no te acompañé por lo del *voilà*. Me fastidia que te muestres como una pedante. Podía haber dejado el ensayo, la de música me tiene enchufada, alto voltaje. Ya, no me lo recuerdes, un clamor. Pero, Magda, ¿qué quieres? También soy la mejor. Te veo, parece que te veo, desternillándote de risa. Me encanta Kenny G., toco el saxo igual que él. Te parezco chiflada total, pero no te imaginas lo que ocurrió aquel día. Un sueño. Un sueño que te he ocultado.

Tu hermanito gemelo, Alfredo, y su panda, Nicolás Narcea incluido, por supuesto, se olían algo. Iban todos juntos y hacían ostentación de sus símbolos fascistas. Suelen ir, pero aquel día andaban alborotados, muy cachas, en plan matón, ya los conoces. La gente presentía la movida y salió tras ellos. A la puerta del instituto, junto al bar NPI, estaba un negro y dos..., no sé, marroquíes, argelinos o algo así, de piel morena. Verlo y no verlo.

El negro, que parecía mayor, de veintitantos, fue directo por Nicolás. Como en las películas, de vértigo. Tu hermano, mira que está cachas, tanto gimnasio y tanta pesa, se metió en la refriega y acabó por el suelo. Sabes que aborrezco a tu hermano casi tanto como tú. Siempre me está diciendo:

—¿Cómo van tus peras? No, todavía no maduran. Van tardanas.

Un imbécil en estado puro. Pero al verlo por el suelo me lancé. Entonces Germán Almenar me sujetó del brazo. Era raro verlo por allí, no se habría enterado de la supresión de la clase de inglés. El caso es que me cogió del brazo de forma viril, con poderío.

—Pero, ¿de qué vas? —le dije.

—No te metas.

—¡Suelta! ¡Oye! ¿Pero qué te has creído?

Y Germán, en lugar de cortarse, tendrá morro el

tío, me sujeta de la cintura pasándome el brazo por la espalda.

Yo iba con la blusa amarilla de cuello de cura, imagina qué pinta. Mira que me sienta fatal, pero se empeña mi madre. No te carcajees, Magda, me sublevas cuando te ríes así. Germán me apretaba contra sí.

La que se lió. Alfredo intentó levantarse pero lo amenazaron con una navaja. Sentimos el miedo en las gargantas. El miedo real es distinto, está ahí, es cierto, contiene un cristal que te pone la carne de gallina. El negro, un tipo altísimo, sujetaba a Nicolás por el cuello de la camisa. Los demás, El Polaco y David Segorbe, no se atrevieron a intervenir. Centelleó la hoja de una navaja. Alguien debió de gritar porque salió el bedel y el jefe de estudios. Después supimos que el secretario vio el follón desde la ventana y llamó a la policía. El negro le hablaba a Nicolás a gritos, rostro contra rostro. Germán me seguía apretando. Yo notaba su pecho de goma dura. Olía bien, a limpio. Llevaba una de sus eternas camisetas blancas. Ya te diré de dónde las saca. Sonaron las sirenas de la policía. Uno de los moros plegó la navaja. El negro, sin embargo, no se cortaba y seguía amenazando a Nicolás. Intimidaba al gallito del instituto, al mismísimo Nicolás Narcea. Me encantó, la verdad, ver cómo se arrugaba ese chulo. Por fin, cuando la poli aparcó a veinte metros, el negro huyó con elásticas zancadas. Los policías empezaron a preguntar. La gente se apiñaba en las escaleras de entrada al instituto, imagina.

Y a todo esto Germán que no me soltaba. Entonces me miró. Tiene los ojos de un color azul agrisado. Me miraba detenidamente, con atrevimiento. ¡Magda, me miraba a la boca en plan final de peliculón! Aflojó la presión y yo apenas me despegué, la verdad. El corazón me latía como un pájaro atrapado. Germán no tenía barba, aunque se afeitaba las patillas y el bigote, se notaban los pelitos cortos y duros. Me flotaba el estómago, una sensación dulce, flotaba yo misma como una medusa. De repente me aparté de él indignada. Debí de hacer un gesto despectivo y entonces él sonrió. Ni oí el alboroto ni vi a la gente que se apiñaba en las escaleras. Al sonreír se le forman dos hoyuelos en las mejillas y el mentón se le endurece. Me quedé paralizada como una boba.

Para sobreponerme, una falsa rebeldía, que no se creyera que con una sonrisa me tenía rendida a sus pies, le advertí:

—¡Que sea la última vez que te metes conmigo!

Y siguió sonriendo. Aquel puntazo de chulería, al tiempo que me seducía, me picó:

—¿Vas de supermán salvando a la gente?

—No te metas. Esa gente se lleva mal rollo.

—¡Mira, mi segundo padre! ¡Lo que me faltaba!

Al menos esta vez lo dejé tocado porque se ensombrecieron sus ojos.

—¿Quién se lleva malos rollos, listo? —era David Segorbe el que se dirigía a Germán.

—¡A ti quién te ha dado vela en este entierro! —contesté, pero Segorbe ni me oyó.

—¿Eh, listo? ¿También conocías a ésos? —continuó preguntándole a Almenar.

—Olvídame —silabeó Germán con desplante.

—¿Son de la Plaza de la Posada? ¡Menuda mafia!

—¡Piérdete!

Germán hizo un gesto desganado, entre el desprecio y el aburrimiento, un ademán que ahora conozco a la perfección. Nos dio la espalda, esquivó a la gente sin prisa y se largó. ¡Yo odiaba a David Segorbe! ¡Qué capullo, me rompió el ligue a la mitad!

—Si ese listo se mete contigo...

—¡Cállate, imbécil! —puse tal énfasis en el «imbécil», casi lo escupí, que lo dejé cortado en medio de la frase.

Pasé la última clase mordiéndome la lengua. Me moría por contártelo, pero me aguanté. Yo también debía ser independiente y madura. Tampoco lo habrías entendido. Tenía ganas de reír, de volar, sobre todo de volar, de trazar garabatos en el cielo como un vencejo. ¿Qué habrías dicho? Puro infantilismo. El flechazo y el impulso sólo existen en los anuncios, el amor es reflexión, engranaje, no sé qué. Eres muy capaz de soltarme una frasecita así. ¡Y una leche! Es una llamarada, algo inexplicable. Soy así de idiota, de infantil, de romántica, de loca, lo que quieras.

No podía quitarme de la cabeza el agua de sus ojos, la sonrisa que le endurece el mentón, su olor a limpio... ¡Llevaba toda una vida enamorada de Germán Almenar y hoy había estallado!

¿Cómo podría disimular en casa? Menudo choteo se llevaría mi padre si se olía algo. Yo irradiaba la misma luz verde esmeralda que las luciérnagas. A mi madre, como siempre, le dolía la cabeza.

—Raquel, tienes que llevar a Pablo a la escuela. Águeda ya se ha ido. Está su marido enfermo.

—¿Viene papá a comer?

—No. Pasará después a recoger unos planos.

Odiaba comer sola. En cuanto a mi madre le duele la cabeza, no se sienta a la mesa. Lleva doliéndole tres años, desde que nació Pablo y dejó la papelería. Todo un trauma.

—Anda, llévalo. Es tarde —me apremió mi madre.

—Voy. Esta blusa me sienta de maravilla. ¡Enano, ven aquí! ¿Oyes, mamá?

Mi madre mantenía el salón en penumbra.

—¿Qué? —contestó con su habitual apatía.

—¡La blusa, genial!

—La elegiste tú y costó cara. Te la pondrás —reiteró con desgana la misma advertencia matinal.

—¡Que es preciosa! ¡Mírala!

Subí la persiana, se inundó de luz el ambiente y giré sobre el talón. Si mi madre está con jaqueca y subes de golpe la persiana, puede soltar un grito histérico. Sin embargo, me observó interesada.

—Mírame. Desfila ahora Claudia Schiffer con unos vaqueros ajustados a las caderas. Vean la elegancia de Inés Sastre que muestra un modelo amarillo con botones delanteros. Preciosa la blusa que luce Judit Mascó, con terminación en cuello de cura.

Le hice tres pasarelas en un momento mientras ella apartaba la mano de la frente y entornaba la vista. No me dio tiempo de acercarle las gafas porque mi hermano disparó desde la puerta del salón una pelota de tenis.

—¡Venga, enano! ¡Vas a llegar tarde! Mira a ti qué te importa llegar tarde o temprano.

Lo peiné, le eché colonia como si el frasco fuera un salero, me lo puse en el costado para ganar tiempo y lo dejé en su escuela.

A mi regreso, cosa insólita, mi madre estaba sentada a la mesa. Águeda nos había preparado arroz de primavera, como lo llamaba ella, salpicado de verduras.

—Un trato, mamá. Friego la vajilla, a las cinco recojo al enano, le doy la merienda y te lo dejo como un santo viendo la tele.

—¿Quieres más arroz?

—No. Digo, sí. Y tú me haces un favor.

—Claro —existía una ironía extraña en su respuesta.

—Hoy no tengo clases en el conservatorio, pero

vamos a pensar que se trata de un sábado, ¡supongamos que es sábado! Llegaré a las diez menos cuarto. Tengo que hacer un trabajo sobre arquitectura ciudadana. Ver edificios, anotar, ya sabes.

A veces me sorprendo oyendo el hilván de medias verdades que invento. Tenía que conocer la Plaza de la Posada. ¿Vivía allí Germán?

—Hay trabajos que exigen estar hasta las diez —comentó con naturalidad mi madre.

Le aticé un besazo que aliviaba cualquier dolor de cabeza. ¿Ahora iba a resultar que mi madre se enteraba de lo que ocurría a su alrededor? Andaba siempre con sus dolores imaginarios, como decía mi padre, y la casa funcionaba gracias a Águeda. ¿O es que una luz fosforescente emanaba de mí? Me levanté y con ritmo de bacalao le hice café, *chiquitín, chiquitán, chiquitín, tan, tan,* le priva el café, *que tumban, ban, ban,* fregué los cacharros, *que tepe, tepe, tan, tan, tan,* y pasé la fregona por el suelo, *que tumban tepe.* Llevaba la canción de Chimo Bayo en la sangre.

Pasadas las cuatro llegó mi padre con el turbo puesto, como siempre.

—Hoy sí que llegaré a cenar. A las diez estaré aquí. En punto.

—¡Espera, espera, una pregunta! ¿Tú te acuerdas de la remodelación de la Plaza de la Posada?

—Me acuerdo.

—¿Dónde tienes esos planos?

—Ahora, no, Raquel. Me espera el señor concejal de urbanismo y ya conoces su genio cuando no se llega a la hora. Después de cenar. Oye, ¿para qué historias quieres esos planos?

—Un trabajo importantísimo.

Mi padre montó el labio inferior sobre el superior y arqueó las cejas. Acto seguido dijo:

—Mentira.

Era un gesto cómico familiar con el que desmontaba mis inventos.

—De pronto he sentido despertar mi vocación de arquitecta.

Mi padre acentuó el mimo de payaso asombrado y disparó:

—Mentira.

—¡Vas a frustrar mi vocación! —protesté yo.

—¡Y un...!

—Palabrotas no, papá, por favor. El señor arquitecto iba a decir ¡y un huevo!

—Si me dices para qué los quieres es posible...

—¡Y un...!

—¡Cortando! Me espera Almusaf, cariño. Ya tendría que estar en el ayuntamiento.

—¡El padre de Magda me tiene hasta...! ¡Estás más con él que en casa! —le reproché.

—Que sí. Un beso.

—¿Están en tu despacho? —los caprichos siempre se consiguen en el último segundo.

—Raquel, no me revuelvas.

—¿Arriba, en los archivos?

—¡Qué plomo, hija! ¡Lo que se te mete en la cabeza...! Adiós.

—Te lo dejaré todo como estaba.

—Eso espero, si no...

Te ahorcaré al amanecer del palo mayor. Esto lo dijo ya desde el pasillo y no lo oí pero lo imagino. Es su latiguillo preferido desde que leíamos juntos novelas de piratas. ¿Mi padre se entera de que yo crezco? Recuerdo que cuando me vino la regla se lo dije a los dos. Y mi padre, tan progre él, como si oyera llover, hizo como si no se enterara. No hemos hablado de esto, Magda. ¿El tuyo se entera? ¡Con lo que habla´bamos nosotras dos bajo las higueras de Calaluna! Cinco años cotilleando desde que nuestros respectivos padres se montaron el rollo de la urbanización de Calaluna. Estábamos hechas la una para la otra. ¡Totalmente distintas! Tú, Magda, convalecías del accidente cuando nos presentaron. Habías perdido un año escolar y la suerte quiso que el curso siguiente lo hiciéramos juntas. Aún cojeabas cuando te conocí.

Encontré los planos en uno de los cartuchos. «Ayuntamiento. Actuación sobre el casco antiguo. Plaza de la Posada. 8 VPO.»

Apenas había transitado por aquella plaza. Pertenecía a las zonas de mala reputación. Sabía que se montaba un mercadillo al aire libre, pero allí desembocaba la calle de San Ginés, famosa por sus prostíbulos. En cuanto vi el alzado, con los cinco arcos de medio punto, la recordé. Analicé una vivienda: noventa metros cuadrados, salón de veinte metros y cocina posterior. En una de aquellas habitaciones dormiría Germán.

Tenía suficiente, sabía dónde estaba. Recogería al enano, le metería la merienda a presión y lo fosilizaría en el sillón mediante su vídeo preferido. Dispondría de dos horas para fantasear. Tenía que estar sola para saborear lo que ocurría en mi interior. Una flipada.

Dejé la cocina más limpia que los chorros del oro, como dice Águeda. Me quedaban diez minutos para arreglarme. Estaba segura de volver a verlo aquella misma tarde. Me puse la camiseta negra de canalé, me estiliza la figura, aunque remarca mi poco pecho. ¿Sería posible que mis pechos se quedaran así, sin el esplendor que han adquirido los tuyos, Magda?

Estaba guapísima, lo comprobé en el espejo: fresca y estilosa. Un pelín de colonia en la muñecas y en la nuca y lista.

—Mamá, voy a buscar al enano.

Para mi sorpresa mi madre estaba arreglada.

—Voy yo, lo llevaré a la peluquería.

—Vale. Chao. Gracias.

El cielo se vistió con una gasa blanca que entoldó el sol. Tenía que rodear el palacio de Puig y caminar un centenar de metros por el callejón del Doncel. Llevaba mi saxo en el estuche. Si me encontraba cara a cara con él diría que iba a cambiar una lengüeta a una calle próxima, algún cuento así tenía que inventarme. El callejón semejaba un desfiladero coronado por aleros podridos de madera. Una muchacha, que pronto cumpliría los quince años, fue secuestrada cuando iba en busca de su primer y único amor. Se internó, atrevida y ligera, como una golondrina en medio de la tormenta, en los barrios prohibidos. Yo misma me contaba esta noticia. ¿Cuántos minutos duró nuestro abrazo? Fue un abrazo descarado, ¿qué otra cosa si no? Almenar es fuerte pese a su delgadez. Tenía ganas de alcanzar la plaza, me resultó interminable el callejón. ¿Y si fuera una impresión infantil? ¿Quién se interesa así por una chica, quién la intenta proteger? ¡Me da igual lo que piense el resto del mundo! Aquel sentimiento alado, una primavera que estalla, era mío, sólo mío. ¡Ese chico es mío, casi casi mío!, canté para mis adentros la canción de Dalma. Esta noche intentaría sacar la melodía con mi saxo. ¡Qué loca estoy!

Y me eché a reír sin saber por qué, tal vez aliviada al desembocar en la claridad de la plaza. Una luz de nácar resbalaba por la fachada principal, de ladrillo viejo, y dejaba en penumbra los cinco soportales de la antigua posada. El color de arcilla del edificio ponía una nota cálida y contrastaba con la suciedad del resto. A ambos lados, dos inmuebles cutres y despintados. La mugre salpicaba los zócalos. Estaba segura de que Germán vivía en el edificio de ladrillo. Me asaltó un sentimiento confuso. ¿Y si viviera en uno de aquellos pisos ruinosos? Tu padre, Magda, tanto rumbo que se da con la concejalía de urbanismo, podía atender aquel barrio.

De pronto, los vi, qué casualidad tan fina. Iban cinco, Nicolás Narcea con su polo de Fred Perry, tu hermano, El Polaco, otro y David Segorbe. Tierra, trágame.

Buscaban jaleo, los conozco. Los guerreros blancos limpiaban la ciudad. ¿Cómo podía estar metido en aquel rollo tan intolerante Alfredo? Miré a mi alrededor. Si me veía tu hermano estaba lista, todo serían choteos y preguntas. Sólo faltaba que David Segorbe le hubiera contado que me vio con Germán Almenar. ¿No buscarían a Germán?

Vi un bar a diez metros de la esquina. Desde allí divisaba parte de la plaza. No me apetecía en absoluto un zumo. Tomé el primer sorbo cuando el grupo irrumpió en la plaza. ¡Les cantaba una pinta de matones impresionante! Nicolás Narcea llevaba unas bragas negras al cuello y El Polaco, con su cabeza rapada, protegía las espaldas del líder. Buscaban a alguien.

Sería porque iban en grupo y acechantes, o porque me encontraba fuera de sitio, en un lugar que tenía aire de prohibido, el caso es que sentía miedo. Sin embargo, el miedo reforzaba mi decisión. Nadie consigue lo que quiere con facilidad. ¿Acaso estás también enamorada, Magda, y por eso has cambiado? Intuyo que el amor transforma, te llena de secretos y de confusiones.

Me acodé en la barra y oculté el rostro cuando los vi pasar. El Polaco lucía la cruz céltica en la hebilla del cinturón. Tu hermano, un punto hortera para el día que hacía, escondía las manos en los bolsillos de la cazadora Bomber. Caminaban en dirección a San Ginés. Dejé pasar unos minutos y me acerqué a la puerta. Recorrí de nuevo el siniestro callejón del Doncel y me dirigí hacia el puerto.

Yo misma era consciente de la fragilidad de mi ilusión. Podía ser un montaje mío. Germán me veía como una cría y me evitó un peligro. Pero no hacía falta cogerme de la cintura ni apretarme contra él. ¡Ni mucho menos mirarme a la boca! Porque me observó de una forma especial y detuvo la mirada en mis labios, que sí, como cuando tu dichoso Richard Gere coge a la tía en brazos al final de la película. Tampoco me soltó cuando todo había pasado sino unos segundos después. ¡Y el imbécil de Segorbe como una mosca en medio de la tarta!

Al menos había visto a Germán un par de veces en el puerto deportivo. Yo iba con frecuencia a mi rincón de la ensenada, especialmente durante la enfermedad de don Agustín, el vecino de arriba. En la ensenada, el único sitio sin edificios antes de la avenida de la Playa Rasa, al abrigo de los peñascos, se toca el saxo a tus anchas. Allí superé las siete lecciones de fusas e improvisé, sin leer ninguna partitura, *El guardaespaldas*.

Anduve por los malecones del puerto deportivo y perdí la esperanza de verlo aquella tarde. Por el instituto aparecía esporádicamente, todo un jeta el tío. Asistía a alguna clase de matemáticas y, sobre todo, de inglés. El tutor le sermoneaba pero él pasaba de las clases.

Remonté la colina y, cuando bajaba hacia la ensenada, me asaltó un perfume de rosas. Era intenso y virgen. Al acercarme al jardín de una urbanización, el ardor y la limpieza del aroma me hicieron vibrar. Robé un capullo rojo y salí corriendo.

La playa de la ensenada estaba desierta y el mar se había enfundado en una película de celofán. ¿Cómo es posible que el mismo mar de siempre te parezca diferente? Me descalcé, dejé el estuche del saxo y corrí pisando el último rizo de las olas. Me salpicaban, jugaba, me mordían los tobillos... Corrí hasta que me faltó el aire y, agotada, me tumbé en mi hueco. Cerré los ojos y un mar de lomos plateados se agitó en mi cabeza. De pronto, me entraron unas ganas locas de tocar el saxo. Esperé a que se calmara mi respiración. Olía a sal y rosas. Notaba el labio terso, con la elasticidad precisa. Sonó a metal caliente. *Yo no puedo olvidarme de tu cara al marcharte cuando nuestra triste historia terminó.* Los dedos se volvieron ágiles, pisaban las llaves con exactitud. *Me sonreíste y a tus ojos el dolor se asomó. Vivir no es vida si no estás tú.* Me convertí en un saxo de mar. Entorné los ojos y vi ritmos lentos de ballenas. *Sin ti, no podré resistir sin tu amor.* Se rompió el día y el mar se tornó verde. No sé cuántas veces toqué aquella canción. El sonido de mi saxo era más emocionante que la garganta de Maria Carey cantando *Without you.* Oscurecía cuando salí de mi hueco preferido.

Nunca, Magda, había sentido esto: alegría y rosas. Una vitalidad exuberante, las calles inflamadas de música. Sin darme cuenta me planté en mi barrio. Cuando entraba en el portal lo vi volver la esquina. ¿Era él? ¡Era él! Llevaba al brazo la cazadora de ante, esa que tiene sin forro, la lleva siempre consigo aunque haga buen tiempo.

Miré el reloj, las diez. Tenía que correr veinte metros, volver la esquina y gritar: ¡Germán! ¿Era él? ¡Tenía que ser él! ¡También me andaba buscando! Las diez. Mi padre venía a cenar. ¿Y si no fuera? Por fin, toqué el timbre y subí.

2

Ni siquiera durante aquellas dos tardes de junio, Magda, cuando me explicaste las dichosas funciones exponenciales, te lo conté. Tampoco había mucho que contar. Germán asistió a cinco clases durante el último mes, qué pasada. No entiendo su actitud. Repetirá curso, claro.

Por los cortes que le pegaste a tu madre cuando me explicabas las mates intuí los motivos de tu cambiazo: movida familiar. No te quise preguntar. Si no querías largar, allá tú. ¡Allá tú y allá yo, porque a mí me dolía cantidad!

Yo padecía mi tormento particular con la ausencia de Germán. ¿El incidente de aquel día fue pura casualidad? En una clase de inglés noté el peso de una sombra en la nuca y mi corazón se disparó. Me volví y encontré su mirada fija en mí. Tiene el pelo totalmente negro. No podía quedarme vuelta hacia atrás, como una boba, durante toda la clase, imagínate el cachondeo. En sus ojos brillaba una corchea de ternura, yo me entiendo, esa nota que da el saxo y te roza la piel de los sentimientos. Aquel tío acabaría por volverme loca.

Aprobé, gracias a ti, la última evaluación de mates con un notable, increíble. El 22 de junio nos daban las notas y el 23 te largabas a París. Te escapas de lo que sea, Magda, a mí no me las pasas.

El último día entré a las nueve en el instituto, hecha un flan. Él acudiría a recoger las notas, es lo menos que podía hacer. La mañana estaba nublada. Todos los finales de curso hago mi particular despedida, rarezas mías. Dirán lo que quieran, que el edificio del instituto es el más viejo de la ciudad y con pinta cutre, pero a mí me encanta el claustro central con la fuente y las cuatro moreras.

Sentada en el último banco de piedra, en los soportales del fondo, repasé el curso después de recoger las notas. No son como las tuyas, aunque también llegan a notazas. Sobresaliente en música, claro. Te igualo en lenguaje, sobre. Cautivo a la Vocablos con las redacciones. A la de música y a la Vocablos las tengo en el bote. ¡Y El Chino, qué jeta, me puso un bien! Después del último examen, aunque no daba el promedio, me podía haber puesto un notable, el rata. ¡Será rácano! Me subió la rebeldía y fui directa a su despacho. Había la tira de gente, una docena de alumnos de COU rodeaba su mesa. Estaban pendientes de la selectividad, debe de ser un mal rollo. Nada más entrar en el despacho, en un armario tan cargado de años como el centro, vi su bata raída y la libretita verde. Me vengué. No está bien, que sí, pero me dejé llevar por el puntazo. Mangué la libreta y salí discretamente. No llevaba cartera ni bolso para ocultarla y fui al baño para esconderla bajo el pantalón. Estaba intranquila con aquella libreta bajo la bragueta de mis Liberto.

Me senté en el último banco del claustro, abracé las rodillas y pensé, es la pura verdad, en ti. El curso en que Magda se volvió definitivamente gilipollas. Cuando acabamos octavo de EGB creímos que siempre seríamos uña y carne. El curso, también, en el que sentí una emoción turbadora, de una fortaleza y un misterio irresistibles, qué gozada. Se oscureció el cielo. Oía el chorro de la fuente que cae en un plato de piedra, lo desborda y gotea en el pequeño estanque. ¿Volvería a ver a Germán? Sonó un trueno lejano y comenzó a llover. Mañana te vas a París, Magda, vaya leche. Calaluna puede ser de un aburrimiento mortal.

El sonido de otro trueno rebotó en las paredes del claustro y arreció la lluvia. Saboreaba mi particular helado de fin de curso: una chispa de nostalgia mezclada con el aroma de la lluvia. La cortina de agua me aislaba del resto de los soportales.

—¿Raquel?

No contesté de inmediato porque me pareció la voz de Germán Almenar.

—¡Raquel!

¡Increíble! ¡Era la voz de Germán!

—¿Qué?

Cruzó los diez metros del bosque de lluvia en dos zancadas. Me sonrió:

—Tía, ¿qué haces aquí sola?

—Ver llover —respondí riendo como una boba.

Estaba impresionante con los rizos mojados.

—Sola en la playa tocando el saxo, ahora sola viendo llover... Grave lo tuyo. *Aquí estoy yo, aquí solita, comiéndome la cabecita* —qué cachondo. Cantó un trozo de la canción de Rosario.

—¿Tú me has visto en la playa? —alucina, me espiaba.

—Si te metes en el agujero no te veo, te oigo.

—¿Actúas de espía o de detective? —intenté picarlo.

—Me gustan las tías rarísimas que tocan el saxo escondidas en un agujero entre rocas.

—¿Aunque sean niñatas pijas?

Tiene los dientes blancos y asimétricos. A ambos lados de las palas se refugian dos dientes pequeños. Él reía abiertamente.

—¡Pija total! ¿A ver hoy? Pantalones Liberto, zapatos Panamá... Muy puesta. Te sentaría de cine una camiseta Almenar, lo último.

—A las pijas no nos va la ropa hortera —le repliqué, pero las sonrisas mutuas atenuaban los puyazos.

—¿Hortera? Lo más genial. ¡Mírala!

Se abrió la cazadora y me mostró una camiseta azul marino con diminutas letras blancas bordadas en vertical. «Raquel», ¡ponía «Raquel» en su camiseta!

—Guárdame.

Me dio la cazadora y se sacó una camiseta, debajo llevaba otra blanca. Me la ofreció:

—Cógela, es tuya. Me he pasado la noche programando una máquina de bordar, y la domino total. La primera camiseta Almenar la luces tú. ¡Te darán un pastón dentro de unos años por esta joya!

Me desbordaba aquel vendaval. Yo, allí, hipnotizada como una pava, con la camiseta en la mano.

—Gracias. Que...

—¿Qué?

Me corté, no sabía qué decir. Solté una tontería:

—¿Bordas camisetas?

—¡Diseño camisetas! Vendo camisetas, ropa vaquera falsa para falsas pijas. ¿Es que no frecuentas las tiendas más caras de la ciudad?

—Pues...

—Porque allí no encontrarás ninguna. Por ahora vendo en el rastro, en la Plaza de la Posada y en los mercadillos ambulantes de la costa. ¡La camiseta Almenar será la sensación del verano!

No podía dejar de mirarlo. Hablaba con entusiasmo. De un rizo le colgaba una gota de agua. Con la camiseta azul marino le sequé la frente. Fue un gesto espontáneo. ¡No te puedes imaginar qué barbaridad estaba pensando! ¡Me entraban unas ganas locas de abrazarlo!

—Vas empapado —le dije.

—Un poco.

—Ha sido repentino. Qué chorros... —comenté.

—Sí.

No me salían las palabras pero él también se había cortado. Desvié la conversación para retenerlo:

—¿Aún se meten contigo Segorbe, Narcea y demás?

—¡Ésos! Están pirados.

—¿Son peligrosos?

—Todos los pirados son peligrosos cuando van en cuadrilla. Andan vigilando la plaza como si fuera suya. Buscan a Artemio.

—¿Artemio? —pregunté.

—Sí, el negro aquel de la pelea. Se meten con su hermana, una chavala que va al colegio de San Ginés, una pasada, la amenazan.

—¿Y contigo?

—De mí, pasan. Los argelinos los evitan pero algún día la armarán.

—¿Por qué?

—Nada, malos rollos. Déjalo.

Se quedó callado. Yo no tenía derecho a seguir fisgando.

—¿Así que bordas camisetas y las vendes?

Afirmó con la cabeza y observó la lluvia. Se pasó la mano por la nuca. Iba a decirme algo pero no se atrevía. Me gustaba más su timidez que su desparpajo. Preguntó:

—¿Te la pondrás?

—Claro. Me gusta.

—Lleva una «A» gótica en la manga, mi logotipo. ¿Te la pondrás mañana?

—Vale. Mañana.

—Quiero vértela. Bueno, eso. Ya te buscaré.

Alzó la mano, titubeó y me rozó la barbilla. De pronto se cubrió la cabeza con la cazadora y cruzó de nuevo el patio en medio de la tormenta.

—¡Póntela! ¡Estarás preciosa! —gritó a mitad de carrera.

Y todo el verano sin estrenar se convertía en una canción. Volví a casa y le di las notas a mi madre, que me atizó un beso inusual. Me encerré en mi habitación. A los cinco minutos entró Águeda sin llamar.

—¡Pero qué notas ha sacado mi lucero! —me estrujó contra sus tetas gordas. Su delantal olía a Ajaxpino—. ¡Si mi David, el pequeño, sacara la mitad...! ¡Serás flautista y abogada! ¿Te hago un chocolate?

Le di un besazo. Águeda es como una abuela para nosotros.

—¡Y lo cariñoso que es mi lucero! ¡Voy a hacer el chocolate! ¡Y tu madre también comerá, a ver si se le pasa la modorra!

—Déjalo, Águeda, otro día. Ya lo harás en Calaluna. Este año te pondrás el biquini que te regalé.

—¡No lo verán tus ojos, hermosa!

—Estarás explosiva.

—¡No te rías de esta vieja! Cuando tenía tus años —se sentó en el borde de la cama— tenía las carnes en su sitio. A los quince era un figurín, el mismo tipo que tú.

—Digo, que tú vives cerca de la Plaza de la Posada.

—Pues no, hija, no me lleves a ese barrio. ¿Pero no has venido nunca por mi casa, descastada, que eres una descastada?

—Vives en Carratorres, siete, pero no sé por dónde cae.

—Un pisito precioso y limpio, aunque un poco justo. Cuando se me case el mayor, que se nos casa en septiembre, estaremos desahogados.

—¿La Plaza de la Posada está en un mal barrio?

—Patatín, patatán. Algún gitanillo y alguna que otra puta. Pero todos tenemos que vivir, digo yo. Tengo una amiga allí, en lo nuevo. ¿Por qué?

—Una chica del instituto vive allí.

—¡Hala, lucero, me voy! Sácale buena propina a tu padre.

Toqué el saxo, lo necesitaba. Los dedos adquirían autonomía y aplomo, y el labio se ajustaba a la boquilla. Conseguía un sonido maduro y las canciones salían con fluidez. Me había acariciado la barbilla, qué impulsivo, me había regalado una camiseta, ¿qué más necesitaba? Tía, ¿es que estás ciega o tonta? ¡Ese chaval, un morenazo de ojos claros, está coladísimo por ti! *Vivir no es vida si no estás tú*. ¿Qué pasaría en lo sucesivo? Me sentía como un aguilucho al borde del precipicio. Podía volar, flotar en el aire caliente, lanzarme en picado hasta tocar la espuma de las olas. *No podré existir sin tu amor*. Pasaba de una canción a otra. Me maravillaba el aplomo de mis dedos, como si de pronto se hubieran independizado.

—¿Puedo?

Mi madre había golpeado la puerta.

—¿Es hora de buscar al enano? —pregunté.

—No. Me gusta lo que tocas.

—Te gusta, ¿qué?

Mi madre también estaba rarísima, pero con una

rareza distinta a la de siempre. Se suponía que el músico frustrado era mi padre.

—Lo que tocabas.

—Vaya. Gracias, mamá. ¿Alguna sugerencia? Se complacen peticiones. Pasodobles, boleros, bacalao, máquina total...

—*Yesterday*.

—Eso será antiguo, gregoriano o así. ¿De quién?

—Beatles.

—Ah, ya, la conozco pero no me sale del todo.

—*El tema de Lara*. Atiende, gregoriano también.

Mi madre entornó los ojos y tarareó. Una flipada. ¿Las pastillas contra la jaqueca la colocaban? Intenté seguir la melodía, era preciosa. Me pareció que mi madre alucinaba, se ponía nostálgica.

—Voy a buscar a Pablo —comentó, y se largó sin añadir nada.

Aquel verano con su tormenta inicial arrasaba todo. A mí me puso el alma en flor y casi me daba miedo estrenarlo. Germán, cuando sonríe, entorna los ojos claros, se le endurece la barbilla y tiene un aire de chulo enigmático.

En esto llamaste tú, Magda. Querías verme a las tres en Calaluna para darme instrucciones importantísimas. Me echaste la bronca por no haberte esperado. ¡En aquel momento me acordé de la libreta que llevaba escondida bajo el pantalón!

Fue después de comer cuando la abrí. Estaba ordenada por cursos y alfabéticamente. Leí: «Almusaf Riera, Magdalena. Número 3. Intuición pot. Sentimientos +. Ext. en raz. y resolución. No utiliza/no muestra su pot. Exactitud. Observa y calla. Sit. crisis. Capacidades suf. para remontar».

Las anotaciones resultaban decepcionantes, esperaba algo con más morbo. ¿Qué significaba «Sit. crisis»? Me contuve y cerré la libreta. No era por falta de curiosidad sino por un extraño temor. ¿Qué diría de mí? ¿Y de Alfredo Almusaf? ¿Y, sobre todo, de Germán Almenar? No me explico mi contención, pero decidí esperar.

A las tres y pico estaba en Calaluna. Tenía que coger, como muy tarde, el autobús de las seis y media. A las siete y cuarto llegaría a la ensenada. Llevaba, además de la camiseta, unos mocasines. Acabaríamos paseando por la playa cogidos de la mano, estaba segura. *Bailar pegados es bailar, igual que baila el mar con los delfines.* Pasearíamos descalzos al atardecer. *Corazón con corazón, en un mismo salón, los bailarines. Abrazadísimos los dos.* Y de vez en cuando nos miraríamos a los ojos.

Me esperabas bajo el emparrado de tu jardín, a setenta metros del mío, tumbada en la hamaca, como siempre. *Niebla* dormitaba a tu lado. Mi familia se trasladaba a Calaluna al día siguiente. Me sorprendió tu corte de pelo:

—¡Te ha dado el puntazo y te lo has dejado a lo chico! —*Niebla* se levantó y husmeó mis pantalones.

—¿Nada más? —preguntaste.

—A lo Ariadna Gil... —sugerí.

—¿Negativo?

—Guapísima.

—*Merde!* ¡Falso, se te nota! Lo dices sin convicción, por cumplir. Lo noto —dijiste como conclusión.

—Que no... Bueno, un poco rara, así, de golpe...

—Más. Dilo. Suelta.

Tienes una forma de hablar precipitada que obliga a contestar.

—Como mayor. No, no, escucha. Como mayor, pero no de vieja, no. Como mayor de madura, de tía bombón. Pero ya mujer del todo.

Me mirabas de esa forma penetrante que me corta. Me pareciste otra, Magda. Pegaste el volantazo a la conversación:

—¿Y esta mañana, qué, guapa? Me entero —me ruboricé— de que fuiste la primera por las notas. No esperas a nadie. Hija, cuando venga de París igual ni te acuerdas de mí —me tranquilicé, no te habías enterado de mi encuentro con Germán.

—El tormentón. Me asusté y me largué a casa. ¿Y las instrucciones importantísimas? Suelta, porque yo traigo una primicia en forma de libreta.

Niebla apoyó las patas delanteras en tus rodillas.

—¿Una libreta? ¡*Niebla*, échate!

—Adivina.

—¡Pistas, pistas! —pediste tú.

—Colegio. Curiosidad.

—¡Las notas de toda la clase!

—Prohibido, íntimo —apunté yo.

—¿Prohibido? Un lío, algo de amantes. ¡Mejor!, un profesor liado con una alumna. O algo de secretaría. No sé, calla. No me digas nada. ¡Una amante del director!

—Te has pasado. Menos. Profesor, sí.

—Colegio, curiosidad, íntimo... ¡Íntimo! ¡Un diario! ¿Profesor? ¡La libreta de El Chino!

—¡Como adivina no tienes precio! Tachín, tachán... Aquí está.

—¿Se ha enterado?

—Se la mangué, una venganza. Me puso un bien, el rácano —te expliqué.

—¿La has leído?

Tu expresión me enfrió el morbo.

—Sólo he leído lo tuyo. Me daba corte. Observas y callas...

—¡Basta! ¡Cállate! ¡No quiero saber! —saltaste con una mala leche insólita.

—¡Tía, pues ya está bien!

—No, Quel, perdona. Lo siento. Estoy irritable, de mal gas, imbécil integral que dirías tú. Eso es, dímelo.

—Te has puesto...

—Quel, dímelo: imbécil integral.

—Que tampoco sé por qué. Quería hacerte una gracia, qué genio.

—Que sí, una contestación estúpida. Perdona —sonreíste de esa forma tan peculiar. Sé lo que te cuesta humillarte—: Dímelo.

—Corta, pesada. Qué te voy a decir.

—Esfuérzate —sonreíste, pero te vi turbada.

—Vale. Magdalena Almusaf, eres una imbécil integral. ¿Algo más?

Vas y, de repente, me plantas un besazo en toda la cara. Tú, Magda, que eres más bien seca. ¡Qué leches, eres seca y rara! ¡Pero te aprecio un montón! Me dejaste desarmada. Ya no sabía qué decir. Cortocircuito. Decidí:

—¿Sabes lo que te digo? ¡Que le den bola a la libreta de El Chino! ¡La tiro, la quemo o se la devuelvo y me quedo tan ancha!

—¡Ahí tus ovarios! —me coreaste tú, que sueles ser comedida con los tacos y medios tacos.

Vi en tu cara que te agradaba la solución. ¡Estás rarísima, a mí no me vengas con cuentos! Me cogiste la mano y confesaste:

—Lo estoy pasando fatal desde Semana Santa.

No supe qué decir. Tampoco quería que me lo contaras para compensarme por tu contestación. *Niebla* se levantó, dio un pequeño ladrido y te rozó el rostro con el hocico. Increíble.

—Ya te vi rara —apunté.

—Un mal rollo. Mis padres estuvieron a punto de separarse.

—Tampoco me lo cuentes si no te apetece.

—Quel, guapa, vaya corte. Superior. Lo normal es que me sonsacaras. Estás viejísima y marujona y hablas de mí.

—¡Tía!

—¡Quel!

Nos echamos a reír. Me contaste:

—Mi padre se enrolló con una tía jovencísima que trabaja en el ayuntamiento, qué borde. No me lo creía. Mi madre dándome la paliza con lo mismo, porque me la da a mí. Alfredo pasa de todo, y mis padres pasan de él. Ya verás cómo termina mi hermanito, está con el fanático subido. Total, no me creía lo de mi padre. Hasta que monté un supletorio pirata en mi cuarto, pasa por mi habitación el hilo del teléfono, y capté una cita. Me presenté, menuda ensaimada. Ahora parece que funcionan las cosas entre ellos. Pero me siento como un policía, todo el día de guardia. Por eso me largo.

—Me dejas helada. Yo ya te veía más rara que un perro verde.

—De esto, Quel, ni una palabra a tus padres. Aunque creo que el tuyo estaba al loro del asunto, es íntimo del mío.

—Una tumba. Pobre, y sin contarme nada. Yo, también.

—¿También qué? —te interesaste.

—También te lo contaré.

—¡Que lo suponía! ¡Te has enrollado con un tío!

—Bruja.

—¡Qué locura! ¿Positivo, muy positivo? —me preguntaste.

—En cuanto vengas te lo cuento todo, en las higueras. ¿Y las instrucciones importantísimas?

—¡Qué lista! ¡Tú, Quel, callándote conmigo! Esto

no puede seguir así. ¡Ah, las instrucciones! Aquí están. *Niebla*, ya conoces a Raquel. ¡Hazle un cariño!

La perra se levantó sobre las patas traseras y me rozó el pelo con el hocico. Proseguiste:

—Ya sabes, es la perra de mi abuela. Según ella son igual de viejas. La abuela se ha metido en el aparcadero, como dice, en la residencia.

—Lo que te faltaba, ¿no?

—La abueli es fuerte. Ella me ayudó con lo de mi padre, al fin, su hijo.

Me prometí no insistir.

—En resumen —aclaraste—, que no le dejan tener a la perra en la residencia. Yo le prometí cuidarla. Se lo he dicho a mi hermano, pero no me fío. Ya conoces a Alfredo, padece estupidez intermitente. Preocúpate de que *Niebla* tenga agua. En la caseta de las herramientas hay latas de comida, pero agradece las sobras de casa, y, sobre todo, no sé si me paso...

—Vete por ahí, imbécil integral.

—Ya la ves, ella habla y entiende, sobre todo agradece salir de paseo, que le hablen. Le gustan las confidencias, los amores...

—Se lo contaré a *Niebla* antes que a ti.

—Igual es una pesadez atender a la perra...

—Déjate de reparos, tía —te corté—. Más instrucciones.

—La llave de la verja, que no se me olvide.

—¿Dónde vive El Chino? —te pregunté.

—Tampoco, Quel, lo hagas por mí. Qué negativa he sido.

—¡Voy a devolver la libreta de las narices ahora mismo! ¡Y corta! —decidí.

—En el instituto tendrán la dirección.

—Mira, está en la primera hoja. Si no lo hago ahora, no lo haré. Además, *ma chérie*, ¿es así?, tengo otras cosas que hacer.

—¿Relacionadas con la camiseta que llevas?

—¡Serás bruja!

—Rímel, la boca con cacao...

—No te imaginas. Que seas feliz en París.

Me abrazaste. Aún dijiste:

—No creas. Levantarte a las ocho. De 8 a 12 clases. De 4 a 6 paseo cultural. Libre sólo de 6 a 8. ¡Un internado!

Estabas hecha una mujer. Las caderas y los pechos tenían un acabado frutal. De altas éramos casi iguales. Yo me había estirado en el último curso, aunque mis pechos seguían menudos.

—No te preocupes por la perra. ¡Me querrá más que a ti!

El Chino vivía a cien metros del instituto, en la plazuela del Reloj, en pleno casco antiguo. Deseaba que no estuviera en casa. Qué vergüenza. Si no estaba metía la libreta en el buzón y pasaba del tema. El destartalado edificio tenía un zaguán fresco, con azulejos desportillados y amplias escaleras. Cuando me acostumbré a la penumbra vi que la puerta carecía de timbre. En medio de un cuarterón sobresalía una manecilla dorada. La pulsé y sonó una campanilla interior. Tierra, trágame. Aquello parecía una iglesia. Apareció El Chino en el umbral vestido, no te imaginas qué pintas, de campesino antiguo: camisa blanca, chaleco negro con una cadena de plata, de esas que llevan los relojes de bolsillo, y coronado con un sombrero de centeno.

—Disculpe, querría hablar un minuto con usted.

—¿Quién? No veo con claridad.

—Soy Borja, la alumna...

—Ah, señorita Raquel Borja —y caminó hacia el

interior. A los pocos segundos regresó—. ¿Pero no pasa? En fin, si le parece puede pasar.

¡Alucina! Por los titubeos descubrí que El Chino estaba más cortado que yo. El pasillo era negro y fresco como una cueva. Olía a albahaca. De pronto abrió una puerta y la claridad me cegó.

—Ahora la que apenas ve es usted.

Estábamos en una terraza acristalada, grandísima, con las paredes atestadas de libros. Unas rudimentarias persianas de caña protegían las cristaleras. Al lado de los ventanales estaban instalados dos telescopios y bajo uno de los trípodes dormía un gato pelirrojo.

—Usted, claro, viene a protestar. Un bien. Un bien le ha parecido mal. Esta mañana, cuando entró en mi despacho —me ruboricé y bajé la vista. ¿Me había visto mangar la libreta?— no se atrevió a comentarlo. Pero no puede quitárselo de la cabeza.

—No, resulta...

—Resulta que podía haberla calificado con un notable, pero usted seguiría con su actitud pasiva, incomprensible. Tampoco extrajo consecuencias del éxito de su examen, éxito que usted sabe, o quizá no sabe, que puede conseguir sola. Este conocimiento es esencial, mucho más que los vericuetos matemáticos. Debió adquirir confianza en sí misma, más importante que las funciones exponenciales y que...

—Le he robado su libreta.

Se quitó el sombrero y se pasó la mano por el pelo cano cortado a cepillo. Miró los tiestos de albahacas y le puso el caperuzón a una estilográfica. ¿Es que no iba a hablar, a gritarme?

—No he leído la libreta —expliqué—, bueno, sí, leí lo de Magda, ¿se acuerda? Magdalena Almusaf. Sólo lo de ella y tampoco lo entendí del todo.

El Chino permaneció ensimismado, me miraba sin verme. ¿Por qué no me soltaba un sermón?

El gato gordo y pelirrojo saltó a la mesa y se afiló las uñas en el chaleco del profesor.

—Se la devuelvo. Perdone. Me vengué o algo así...

—Debería tomar algo, no le he ofrecido. Yo tomo zumo de limón diluido. Pruebe, le traigo un vasito.

Salió. Tenía ganas de largarme aunque estaba más tranquila. Ya estaba dicho, me salió de un tirón.

—Es limón, hojamenta, agua y... ¡Pero claro, usted no debe! Lleva algo de ginebra. Perdone.

Quedó suspenso con la jarra en la mano.

—Dos deditos tampoco le harán daño —decidió.

—No, claro, gracias. —Lo probé—. Está bueno, sabe a menta. Lo de la libreta...

—¿Quiere leer las anotaciones referidas a Raquel Borja? Se las comentaré si algo no entiende.

—No. Déjelo.

El gato gordo me miró fijamente y se lamió el pecho.

—No se asuste, es un gato manso.

—¿Cómo se llama?

—Lo llamo *Chino*.

Descubrí una sonrisa pícara. Me dio la espalda y dijo:

—A veces es importante —miraba al patio interior— el factor humano, una novela se titula así. Quiero decir que es importante calificar teniendo en cuenta las circunstancias personales. Por eso anoto. El factor humano, el factor humano...

—Tengo que irme, disculpe. Me siento...

—¿Ve? Éstos son mis amigos —me cortó dándome a entender que el tema estaba zanjado. Mostraba los telescopios—. Paso buenas noches viendo a Casiopea —se rió con la risita irónica de clase—. Lamentablemente Casiopea no es una vecina. Me entretengo reconstruyendo las observaciones de Galileo, otro tipo raro. Las rarezas son la esencia del hombre. No prolonguemos su martirio. La acompaño hasta la puerta.

Recorrimos de nuevo el pasillo. Él arrastraba los pies. No podría determinar la edad de El Chino, ¿55 ó 65?

—Gracias por...

—Si alguna vez quiere venir a ver al *Chino*, a mi gato, le haré zumo de limón solo.

—Que pase buen verano.

—Lo procuraré. Haga usted lo mismo.

Volé por aquellas escaleras tan amplias. ¿Sabes, Magda?, pienso que El Chino es un tipo legal, aunque raro. Será todo esencia. Si me toca al próximo curso lo voy a asombrar. Corrí hasta la ensenada. El tiempo era espléndido y la brisa le levantaba las faldas a la tarde. ¡Anhelaba sentir la arena en mis pies! ¡Pasearíamos descalzos!

3

Comencé a odiar París la misma mañana en que te fuiste. Como dirías tú, con tus retahílas, Magda, eres un poco monstruo, insensible, canalla...

Ya me dirás qué hago yo si Germán no aparece. Recordarás que me despedí de ti apresuradamente. Vestida con la camiseta azul, me sienta un pelín ancha para mi gusto, paseé hecha un manojo de nervios por la ensenada, que, por cierto, no es la misma que en invierno, ahora está llena de turistas. Total, nada, ni rastro de Germán.

Otro monstruo. ¡Adoro su timidez! El día 22, un día que tengo pintado de azul, de rosa y de blanco, mis colores preferidos, inolvidable, qué locura, tía, ¡y lloviendo a cántaros! Bueno, pues ese día parecía muy lanzado. Imagina, viene con dos camisetas puestas, se pasa la noche bordando con una máquina automática y, todo descaro, me regala una camiseta con mi nombre. ¡O soy imbécil integral o Germán está colado por mí! Y de pronto, qué encanto, se le acaba la gasolina y no sabe qué decir. Se calla y me acaricia la barbilla. ¡Una flipada! ¡En medio de la lluvia me dice que estaré preciosa con su camiseta! Lo dijo, el tío, a gritos, lo pudo oír todo el mundo. ¡Y después ni aparece! Antes de salir me probé todos los vaqueros del armario para combinarlos con la camiseta. Esperé en la ensenada hasta las nueve menos cuarto. Nerviosa, esperanzada, agria y, al fin, claro, de una leche fatal.

No sé si es una estrategia, ¿será posible? Resulta que cuanto menos lo veo más pienso en él. ¡Y más ganas tengo de verlo! Siempre lo imagino cortado. Me gusta la chulería, que sí, pero también la timidez. Se queda avergonzado ante mí, no sabe dónde mirar, lo pongo nervioso, a cien. ¡En esos momentos lo abrazaría!

—Al agua otra vez no, Pablo.

—Que sí. ¡*Nieba*, al agua! —dijo el enano.

—¡Que no! Ya te has bañado por la mañana.

—Mintira.

Mi madre, después de las notas, estaba bastante transigente, pero mi padre, será tirano, me ha colocado al enano hasta las seis de la tarde, además de la compra de la mañana. Aprovecho para sacar a *Niebla* cuando cuido de Pablo. Águeda me dice a escondidas que ella hará la compra. Es una abuelaza.

—Idiota me coges la bota.

Mi hermano se ha aprendido la frase en jueves, me la suelta en cuanto le llevo la contraria.

—¡Al agua, no! Tienes que hacer la digestión.

—Yo no hago eso, idiota.

—Imbécil.

—Imbícil, tú.

—¿Nos vamos a las higueras, guapísimo?

—Me coges la bota.

—¿Pero tú te crees que me vas a tener aquí, con este solazo, a las cinco de la tarde?

—Estás preciosa con ese solazo —dijo Germán desde detrás de nosotros.

—Pricioso, tú —le respondió mi hermano.

Del sobresalto me quedé muda. ¿Qué jeta, no? ¿Cómo sabía él que durante el verano vivía en Calaluna? ¡Y yo sin arreglar, con una camiseta trapera encima del biquini!

—¿Qué haces aquí?

—Verte. He venido a eso, a verte.

¿Y a un tiazo así, que te dice que viene a verte con una chulería de perdonavidas, y encima te encanta, qué le respondes? *Niebla* me salvó, le gruñía.

—¿Qué le he hecho a este perro?

—*Niebla*, déjalo.

—Muédele, *Nieba* —la incitaba mi hermano.

—¿Tengo que tirar al mar al perro y al pequeñajo este para verte?

—¡Muédele mucho!

A Germán le hizo gracia la salida de mi hermano. Le dijo:

—Tú, pequeñajo, ¿cómo te llamas?

—Pablo.

—¿Sabes que soy el jefe de los perros? Ya verás, Pablo. ¡*Niebla*, ven!

Se echó a correr y la perra lo siguió.

—¡Es jefe! —se admiró mi hermano.

A mí me sorprendió su desenvoltura. ¡Venía a verme! Qué atrevimiento, al lado de mi propia casa, y qué ojazos. Germán volvió y preguntó:

—¿Esta tarde podré ver cómo te sienta la camiseta?

—No. Me la puse ayer y hasta dentro de quince días no me toca.

—Marchando una de disculpas. Mi padre me dejó tirado.

—Mintiendo eres flojillo —no sé por qué lo atacaba, tal vez para serenarme.

—¿Y tú por qué eres jefe? —preguntaba mi hermano.

—Palabra. Fuimos a vender y no pudo conducir hasta las nueve. Llegué a las diez y ya no estabas. Aquí pega un sol de muerte.

—¿Vamos hasta los sauces? —propuse.

Yo iba descalza. Me parecía más alto.

—¿Cuántos perros tene el jefe? —insistía mi hermano.

—Pero tú tampoco estuviste tocando en la playa —aseguró Germán.

—¡Que cuántos! —se impacientó Pablo.

—¿Y cómo lo sabes? —me extrañé yo.

—¡No voy! ¡Idiotas! —se enfadó el enano por la desatención.

—¿Y si te llevo a hombros?

Germán se colgó a mi hermano del cuello. Me cegaba el sol y las piernas se aflojaban. ¡Seré pava!

—Alisé la arena de tu hueco, donde te sientas a tocar el saxo. Estaba intacta.

—Mentira —no sé si llegué a montar el labio inferior sobre el superior como hace mi padre.

—No. Es jefe de perros —aseguró Pablo.

—Es cierto. Palabra —y para dar más fuerza a su afirmación me cogió fugazmente de la cintura. Sentí un escalofrío pese al calor sofocante.

—Mentira —volví a decir, pero fue una respuesta defensiva.

—¡Que no mentira, tonta! —exclamó mi hermano con enojo, y nos echamos a reír—. Es jefe.

—Choca, valiente.

Y Pablo golpeó la mano de Germán mostrando su compenetración. Dejó a mi hermano en el suelo y le ordenó a la perra:

—*Niebla,* persíguelo —entonces me cogió de la mano—. He venido a verte para volver a verte.

—Aclárate —la sonrisa delató mi alegría.

—Esta tarde dónde, a qué hora.

—¿No te dejará tirado tu padre?

—No dependo de él, si no, seguro.

—A las siete menos cuarto cojo el autobús.

—En la parada de la Plaza de don Jaime. Allí estaré. Tengo que irme ya.

—¿Y esa prisa?

—Un amigo me ha dejado el coche mientras se echaba la siesta.

—¿Tú tienes permiso? ¡Si ni siquiera tienes los años!

Lo vi enrojecer. Se pasó la mano por la nuca.

—No, pero... Bueno.

—¿Y si te cogen?

—Conduzco bien, estilo Sainz. Llevo el coche con una suavidad de seda, ya lo verás, tía, una guapada.

—Es una imprudencia, sin permiso, sin la edad —le advertí.

—¡Tú también eres una imprudencia! ¡Adiós!

Germán caminó deprisa. Se volvió para decirle al enano:

—Cuida a la perra. Pronto serás jefe.

Se le había acabado la gasolina. Lo adoraba. Los iris claros de sus ojos tienen manchas oscuras. ¡Soy una imprudencia! Me miró a la boca cuando me lo dijo. Cogí a hombros a Pablo y bailamos por la orilla del mar. *Tú bailando en tu volcán, y a dos metros de ti, bailando yo en el polo. Niebla* saltaba a nuestro alrededor. *Abrazadísimos los dos*. Vi cómo se alejaba un coche granate.

A la mañana siguiente recibí tu carta, Magda. La habías escrito la misma noche en que nos vimos y la echaste al correo al día siguiente en la estación. ¡Menudo papelón me encargabas!

«Hola, Quel. Otra vez soy yo. Puedo resultar pesadísima, no te librarás tan fácilmente de mí. Hace unas horas, como te he visto con tantas prisas, no te he dado las "importantísimas instrucciones". Además de la perra tienes que vigilar a mis padres. Lo sé. Estás pensando que es una leche, una pasada o un problemón. No es tan difícil, observa estas cuatro señales.

Primera: Mi madre asiste al trabajo. Por tanto no está en casa por las mañanas. Brilla el sol. Cuando le entra la neura lo primero que deja es el trabajo. La aguantan porque lleva veinte años.

Segunda: Cenan juntos a las diez. Suelen ser puntuales. Bandera verde, tranquilidad. Con la excusa de *Niebla* te das un garbeo. En plena crisis no cenaba nadie. Aquella casa parecía la selva. Mi padre venía a las tantas con el pretexto del ayuntamiento.

Tercera: Sesión matinal del domingo. Mi madre tumbada al sol y mi padre corriendo por la playa para bajar barriga. Positivo. Normalidad. Tiempo soleado. Todo va bien.

Cuarta: Mi madre no coge el coche y viaja en autobús. Está con los nervios desatados. En la última batallita se dio tres golpes con el coche.

Si estallan las hostilidades, me avisas por teléfono. Si no, olvídate de mí. En papel aparte te dejo el número para llamar a París.

Me consta que esto es un embolado, que tengo una jeta impresionante, un morro que me lo piso y una cara de pedernal. Lo sé. Pero sólo se lo podía pedir a una persona. A ti. Un beso. *Au revoir, ma chérie.*

Ah, el otro día me enteré de que un tipo (dicen que está como un bollo, para comérselo) le dijo a gritos a una tía: ¡Preciosa! Encima, en pleno claustro del instituto. Superior. ¡Qué pasión!»

Eres única, Magda. ¡Vigilar a tus padres! Aunque los tenga a setenta metros de mi chalé es una tarea de lo más chunga. Y eso que con tu madre me llevo bien.

La primera tarde que salimos solos Germán y yo, sin las mascotas, *Niebla* y mi hermano cortan bastante, será imborrable, Magda. Mi táctica beligerante daba resultados. Conseguí que estuviera todo el tiempo sin gasolina. Lo prefiero así, cuando se muestra inseguro.

No pude sonsacarle sobre su padre. Lo dejó tirado y punto, de ahí no lo sacaba. Al parecer no volvió a la hora convenida para conducir la furgoneta. Me contó que su madre trabaja en el turno de mañana en una fábrica de calzado. ¡Cree que se hará rico vendiendo camisetas! Pero, no pienses, toca suelo. Vendió 32 el otro día. Cuando habla me descubre otro mundo. Resulta que no es un crío, gana dinero de verdad. Y, alucina, pasa de los estudios. La verdad es que no tuve argumentos para rebatirlo. Él dice que del instituto coge lo que le interesa: las matemáticas y el inglés. En su casa, me dio la impresión, pasan bastante del tema de los estudios. Dice que conoce a un licenciado y a un economista que se ganan la vida como él, en la venta ambulante. Es tímido, aunque con un puntazo de chulería. Le gusta todo tipo de música, ahora canturrea la de Manolo Tena, el mundo en una caracola. Y, sobre todo, me mira de una forma que hace que me tiemblen los tobillos. Quedamos para dentro de dos días. Mañana va de nuevo a vender.

Por la noche, en el jardín toqué un poco. El enano estaba acostado pero duerme como un lirón. No te imaginas cómo progreso, las canciones me salen solas. Será porque paso muchas horas con el saxo. El labio lo tengo suelto, logro mantener la nota, darle profundidad, desgarro... Si tuviera un Buffet tocaría como Kenny G.

—Raquel, hija, ¿qué le haces al saxo?

Prolongué el sonido y le di una vibración burlona. Mis padres tomaban café en el jardín. La noche era hermosa y hasta allí llegaba el aroma de las higueras.

—Estás desconocida. ¡Eh, que me escuches! —mi padre vino a mi lado y se sentó en el césped.

—¿Qué? ¿Te gusta? Atiende. *El tema de Lara*, me la enseñó mamá.

—¿Te la enseñó tu madre? Es la música de la primera película que vimos juntos. Romanticona tu madre, ¿no? En aquella película se me ligó.

—No farolees, Agustín —le pinchó mi madre.

—A mí me suena raro —empezó mi padre.

—¿Raro? —no sabía por dónde me iba a salir.

—Rarísimo —mi padre iba de choteo—. Nos has hecho café, no quieres venir a Galicia en agosto, más raro aún, y tocas de maravilla. Aquí hay gato encerrado. A Galicia vendrás, por supuesto.

—¿Y qué?

—Patatín, patatán —repitió mi padre el sonsonete de Águeda—. ¿Algún chaval?

—¡Pero qué dices! Anda, que no te enteras.

—Mentira —hizo su pantomima preferida.

—¿Estás tonto o qué, papá?

—Mentira —lograba quedarse serio con cara de payaso triste.

—¡Oye, deja de meterte conmigo! ¡Vete por ahí!

—Oyoyoy, aquí hay algo. Ahora estoy seguro.

—¿Y a ti qué te importará, Agustín, si ella no nos lo quiere contar? —terció mi madre con un tonillo cómplice.

—Oyoyoy, que tu madre está en el ajo. Se lo has contado a ella y a mí que me parta un rayo.

—¡Estáis conchabados los dos!

Cogí el saxo y toqué *Piensa en mí*, tal como la canta Luz Casal para eludir la conversación. Mi madre aplaudió al final.

—¿Por qué te lo pasas bien, mamá? —preguntó Pablo desde su ventana.

—Cariño, a dormir.

—Espera. Que no he visto hoy a este pirata —mi padre se levantó y fue a meterlo en la cama de nuevo—. ¡Eh, y no habléis del asunto sin estar yo presente!

Miré el cielo.

—¿Qué es Casiopea?

—Una constelación. No la veo. Aquella, la que tiene forma de uve doble —explicó mi madre—. ¿Por qué?

—Por nada. Casiopea. Lo había oído.

Mi madre, hija de mi abuelo librero al que no conocí, tenía una curiosa cultura pese a no lucir ningún título enmarcado y reverente como mi padre. En esto, vestido con una gabardina que no le cubría las piernas peludas y con un sombrero de alas caídas, apareció mi padre con la guitarra al cuello. Cantaba:

—*Con el tumbao que tienen los guapos al caminar.*

Cantó una frase acompañándose de la guitarra. Yo cogí onda y toqué la siguiente. La tercera se la dejé para él: *las manos prictas en los bolsillos de su gabán*.

A dúo, frente a mi madre, divertida.

—¡Papá, eres un ebutero, no te has dormido conmigo! ¡Y no eres como jefe de perros! —gritó Pablo desde su ventana y cortó la representación.

Pocos días después recordaría esta escena. Aquella concordia amable parecía irrompible. Mi madre acostó a Pablo por tercera vez y mi padre, tan numerero, siguió gastando bromas sobre el duende que me habitaba. No solté prenda.

Me despierto por las mañanas y la cresta de una ola me zambulle en una película fantástica: estoy saliendo con Germán, ya llevo quince días. Nada más despertar me viene a la cabeza. Todas las mañanas huelen a rosas. Pienso que a estas horas estará montando un tenderete en algún mercadillo. Su padre conduce la furgoneta con la mercancía. A veces llevan a Daniel, un argelino que vende marroquinería, cinturones, carteras de cuero y eso. Está vendiendo muy bien las camisetas bordadas y las pintadas. Los lotes de vaqueros de tara, algunos con las marcas cambiadas, son los que le dejan mayores ganancias. Habla con tanta ilusión de su negocio, con el turbo puesto, todo sueños y proyectos, que es contagioso. Sueña con abrir tiendas de ropa y ganar un pastón. ¡Está loco, divinamente loco! Ahora ahorra con su madre para cambiarse de piso. Dice que viven en uno indecente pero que le gusta. Su abuelo, un personaje mítico para él, les quería comprar uno, pero su madre se negó. Resulta que no viven en los pisos que diseñó mi padre, qué intuición la mía, siempre al revés, sino en los de la manzana contigua. La verdad es que tienen un aspecto de lo más cutre. Germán asegura que no amenazan ruina, pero una de las fachadas hace una tripa preocupante. Le podría preguntar a mi padre. Al fin y al cabo se da mucha crema con su procedencia, dice que sus padres eran de lo más humilde y que él se pagó los estudios trabajando. Pero si le digo, de golpe, que salgo con un chico que vive en la Plaza de la Posada, igual se mosquea, no sé. Tiempo habrá.

—¿Paseamos por tu plaza?

Germán se llevó la mano a la nuca. Ya lo voy conociendo: duda, se inquieta.

—Mi plaza no es para niñas pijas como tú.

—Ya estamos con las gilipolleces.

Lo tomé de la espalda y lo dirigí hacia el callejón del Doncel.

—Hay gente rara, tipos que viven de lo suyo, tía, todo no es igual que Calaluna, niñas pijas con pasta. Que no vamos, Raquel.

—Sólo un rato.

Lo tomé del costado. Me gusta su espalda elástica y fuerte.

—Igual está mi padre. ¡Que no! —protestó con firmeza. Mi mano bordeó el costado y alcanzó su estómago. Me pegué a él. Continuó—: Si vamos no te largues de mala leche porque te gasten alguna broma. Los bares no están limpios ni hay tanto césped bien afeitadito. Y hay tipos raros, que sí.

—¿Y qué? Voy contigo, ¿no? —disfruto poniéndolo en tensión y siento una curiosidad morbosa por conocer su mundo.

Me apretó con descaro de la cintura, le dan esos arrebatos. Estuvieron muy cerca nuestras bocas. Me gusta su olor, huele a limpio y a espliego.

—Territorio sioux. Al loro, viene una niñata rostro pálido —anunció.

Pegó el acelerón, estaba eufórico. Le cuesta tomar una decisión pero en cuanto la toma te desborda. Se detuvo, dejó la mano en alto y el dedo corazón extendido. Yo giré sobre mis talones y di una vuelta de pasodoble. Llegamos al final del callejón y anunció:

—La Plaza de la Posada. Señoras y señores turistas, estamos en un lugar típico, famoso por su mercadillo y por las camisetas Almenar. Compren. Buenas, bonitas, baratas. *Pas cher, cheap.* ¡Tú, rubia! ¿Una camiseta?

—Oye, ¿para ti el vender no será un ligoteo continuo?

—Tía, vendo camisetas. Sé contar en francés, inglés y un poco en alemán. ¡Camisetas, vaqueros, jeans!

—¿Naciste aquí?

—Qué va. Vine a los cinco años, cuando le entró el asma a mi padre y lo despidieron de la mina. Otro rollo. Mira, a mi derecha el bar de Chimo, le va bien —era el bar donde entré una tarde para evitar a Narcea y compañía.

—¿Y aquella terraza?

—De El Buitre, Bar Calentrar. Patatas rellenas, llevan fama entre los turistas. ¿Las quieres probar? Llevo pasta, soy el jefe de los perros.

—Mi hermano alucina contigo.

—En aquella esquina hay trapicheo ilegal. Hierba, hachís y perico, ya sabes. El Dacha, un moro que se las gana así. Ese callejón, territorio comanche, no pisar. Putiferio, dos bingos folloneros... Territorio chungo.

—Boxi, pero qué nena tan guay —lo saludó un joven altísimo. Germán le respondió con la mano.

—¿Te llaman Boxi?

—Raquel, tía, no sé qué hacemos aquí. ¡Vámonos, caracola!

—Boxi, me gusta. ¡Te llamaré así cada vez que me llames prenda! ¿Por qué te llaman así?

—¡Qué graciosa la pijotera! Una tontería de crío. A los diez años decía que sería boxeador. En el Calentrar, el bar de El Buitre, había un montón de fotos de boxeadores. Me gustaba. El Buitre, un púgil retirado, empezó con el cachondeo de Boxi... —acabó en voz baja, por eso le pregunté:

—¿Estás bien?

—Estoy.

Me eché a reír. Me gustaba conocer su infancia, sus sueños. Era un territorio mío que iba descubriendo.

Pasaron dos viejas con pinturas guerreras en el rostro y minifaldas horteras. Lo saludaron con un gesto.

—¿Y ésas? —tenían una pinta horrible. ¿Se había criado entre prostitutas?—. ¿Las conoces?

—De vista. Todos nos conocemos de vista. ¿Nos vamos? ¡Bueno, lo que nos faltaba! ¡Los salvadores de la patria! Camina, no nos han visto.

Me volví. ¡Narcea, El Polaco, Alfredo, Segorbe y la banda!

—Quel, ¿no saludas?

Alfredo intentó ser simpático. Narcea nos miró con desprecio.

—Hola —dije sin entusiasmo.

—Mira qué sorpresa. ¿Saben que andas por aquí quienes yo sé?

—Alfredo, corta, rico.

—¿Y tu amigo? —le preguntó Segorbe a Germán—. ¿Está escondido como las ratas?

Germán echó la cabeza hacia atrás, con una expresión entre el cansancio y el desprecio.

—Al final lo encontraremos. Verás cómo tratamos a ese engendro negro. ¡Limpiaremos tu plaza de escoria!

—Olvídame —Germán les dio la espalda y me cogió con autoridad de la mano sin importarle que lo viera Alfredo.

—¡Díselo, que vuelva a la selva! ¡Apesta! —gritó Segorbe.

—Si no lo encuentra la poli lo encontraremos nosotros y será peor —amenazó El Polaco.

Enfilamos por una calleja, torcimos a la izquierda y salimos al paseo. Desconocía aquel desvío.

—¿Y ésos, Germán? Algún día se meterán contigo, van seis o siete.

—Olvídalos.

—¿Pero qué quieren?

—Buscan a Artemio, el negro aquel.

—¿Y dónde está?

—Se ha mudado de barrio. Vino con un contrato de trabajo para recolectar nísperos. No sé cómo consiguió traer a su hermana. Se le acabó el contrato y sigue aquí. Está ilegal. No quiere problemas y tampoco quiere volver, claro, menuda batallita hasta que consiguen entrar. Éstos juegan con fuego, algún día se armará.

—¿Vienen mucho?

—Los veo alguna mañana. Olvídate, pasa de ellos.

—¡Las nueve! ¡Perderé el autobús!

—Aún llegas. ¿En cuánto tiempo haces los mil quinientos metros, prenda? ¡Venga, corre!

Diariamente vigilaba los cuatro signos de alarma. Normalidad. Tu madre va en coche al trabajo, Magda. Buen tiempo. Cenan juntos. Soleado. El domingo corrí con tu padre. Está bastante fofo, no aguanta nada. No hay hostilidades en el frente.

Una semana después conseguí volver con Germán al territorio sioux. Yo le recortaba dibujos para sus diseños de camisetas. Se vendían mejor las pintadas que las bordadas. El negocio era simple. Compraba en una fábrica camisetas a trescientas pesetas, después las pintaba, tenía arte para ello, una mariposa en el bolsillo y dos en el costado, la cabeza de un perro, los picapiedra, una fila vertical de labios y, sobre todo, logotipos de coches. Conozco el símbolo de Audi, de Seat, de Jaguar, de Volvo, de Porsche, de Rolls y de la leche en verso. Las vende a novecientas, incluso a mil. Fascinante. Trabajaba, imaginaba y ganaba dinero real. Yo deseaba meterme en su taller. Utilizaban el comedor de su piso como almacén y taller. Su madre lo ayudaba. Ella compró la máquina automática y los fines de semana vendían juntos. Como soy malísima dibujando, le recortaba motivos para pintar y los ampliaba en la fotocopiadora de mi padre. Él los pasaba con calco y los pintaba. ¡Me habría encantado participar en aquel negocio! Pasábamos horas imaginando nuevas prendas. Pero Germán se mostraba reacio a pasear por su barrio. Andábamos por la playa, subíamos a la colina del castillo, me hacía tocar el saxo para él y, el rollo diario, nos parábamos en los escaparates de los concesionarios de coches. Le privan los coches de lujo.

Aquella tarde lo chantajeé hasta que acabamos en la terraza del Calentrar. El pobre se pasaba continuamente la mano por la nuca. Se le sube la guapura cuando se pone serio y nervioso. Nos atendió un camarero de su edad:

—Boxi, ¿qué va a ser?

—¿Está mi viejo?

—Se ha ido, iba cascado.

Germán pidió una horchata, decía que el alcohol le sentaba mal. Gracias a Dios, porque tú te acuerdas, Magda, los retortijones y mareos que me provocaron aquellas dos cervezas.

La consumición la trajo el dueño y Germán se inquietó:

—Buitre, no te pases.

—A clientes especiales, servicio especial. Con dos patatitas asadas rellenas con bacalao, pimiento picado y salsa brava. Invita la casa. ¿Qué?

—¿Qué de qué? —titubeó Germán.

—Perdone, bonita. Su acompañante no tiene educación. Soy un medio tío de éste, al menos lo he visto crecer, Julio Gandés, para servirla —dijo el hombre, gordo y de nariz grande y aplastada.

Germán agachó la cabeza. Soplaba.

—Encantada. Me llamo Raquel.

—Aquí, Boxi, Germán Almenar, carece de tacto pero no es mal bicho.

—Buitre, por favor...

El señor, orondo y rojo, ni lo miró. Se dirigió a mí:

—Será un placer atenderla siempre que venga por aquí, aunque la acompañe este tipo —y le metió un puñetazo seco y cariñoso en el hombro.

Germán, cuando se fue el dueño, se distendió. Me cortó un trocito de patata.

—Las hace buenísimas. Es legal y con corazón de caballo. A los boxeadores se les dilata el corazón, no veas qué enfermedad tan rara. Están todos sonados.

—Ya.

—Te empiezo a odiar, pijotera estúpida.

Y el aire de la tarde se convirtió en harina caliente mientras Germán me hablaba de su abuelo. Vivía en la sierra. Antes, de niño, pasaba los veranos con él.

—Fue minero y cuando se jubiló volvió al pueblo. Es callado, sabes, una cosa especial. Te deja hacer, parece que no se entera. Además, con el cuento de que es sordo, aún disimula mejor. Sin embargo, siempre hace aquello que tú desearías que hiciera. Ahora no viene nunca por aquí porque discutió con mi padre, pasa eso a veces.

—¿Es padre de tu madre?

—No, de mi padre. Por eso discutieron.

—¿Por qué?

—Tía, eres un caso, no paras de fisgar. Nada, mi padre está enfermo, asmático. Lo despidieron de la mina y por eso nos vinimos aquí. ¿Algún informe más?

—¡Germán, las nueve y diez! ¡He perdido el autobús! ¡El próximo para Calaluna sale a las diez!

—Coge un taxi. Yo te lo pago —me propuso.

—No... Voy a llamar.

—Espera. Ven y calla. ¿Callarás?

—Ya verás mi padre...

—¿Podrás estar callada? —insistió Germán.

—¿Pero qué dices?

Anduvimos un tramo de San Ginés y salimos a una explanada. El solar de un edificio derribado servía de aparcamiento. Germán observó.

—Está. Me lo dejan —aseguró.

—Está ¿el qué?

—Territorio comanche. Ni palabra.

Sacó un llavero con ganzúas, miró en torno y en un instante abrió la puerta de un coche blanco, levantó el capó y lo puso en marcha.

—Calla —ordenó—. Llegarás antes que con el autobús.

Pasé miedo, alegría, emoción. Conducía con suavidad. Parecía conocer el coche a la perfección. Yo no me atrevía a moverme del asiento. Un nudo en la garganta me dificultaba la respiración. Llegaríamos sanos y salvos, el coche no era robado y tampoco nos detendrían. A las nueve y media, a la hora precisa, llegamos a Calaluna. Aparcó bajo el almez gigante en el desvío hacia la urbanización. Bajé del coche y tragué aire con ansia. Él sonreía recostado en el capó. Me apoyé en su pecho y dije:

—Cuida al volver.

—Claro.

Y en el instante de decirlo sus labios rozaron los míos y sentí una turbación que me recorrió como un terremoto. Apenas fueron tres segundos en los que la fiebre debilitó mis tobillos.

—Voy a devolvérselo a mi amigo. A veces se impacienta.

Maniobró, puso el coche en dirección contraria y arrancó suavemente. Agitó la mano fuera de la ventanilla. Yo permanecí como una boba varios minutos bajo el almez. Los gorriones piaban mientras devoraban la noche a picotazos. Cuando me recuperé salí corriendo hacia mi chalé.

4

Germán consintió, al fin, en que yo le ayudara a vender. Los viernes montaban el mercadillo en la Plaza de la Posada. Su madre trabajaba en la fábrica y su padre utilizaba las mañanas para reponerse. Germán eludía el tema, pero, por los comentarios de El Buitre, deduje que su padre tenía problemas con el alcohol. Me vestí de manera muy normal siguiendo sus indicaciones: vaquero usado y una camiseta.

—A la gente le gustan los vendedores limpios pero no extravagantes ni muy puestos. Eso queda para las boutiques, prenda. Y no te mosquees si me hago el quedón con alguna tía. Tenemos que vender.

—¡Ni vender ni la leche! Eso es ligoteo puro.

—Técnicas naturales de comercio —decía irónicamente.

—Muy bien. Me voy a poner las botas con el primer tío bueno que se acerque.

—No te pases, prenda. Es cuestión de una sonrisa a tiempo, un comentario oportuno. ¡Marketing!

—¡Y un huevo! ¡Y no me llames prenda!

Germán montaba el tenderete a cincuenta metros

de la terraza del Calentrar. Madrugaba para tenerlo listo a las nueve, aunque hasta las diez no se acercaban los primeros turistas. Me daba el cuerpo que hoy íbamos a superar su cifra récord: las cien mil. Siempre mencionaba un día de abril en el que le dejaron el puesto pelado. Entre el cuarenta y el cincuenta por ciento, descontada la gasolina y la ropa muerta, le quedaba limpio. Hacía veinte días que salíamos y la comunicación era cada vez más intensa. Yo descubría sus manías, conocía sus gestos y sus inquietudes. No te enfades, Magda, pero esto es algo distinto, sólo de dos, una magia inexplicable.

Germán luchaba por un objetivo. Se habían propuesto, junto con su madre, ahorrar tres kilos. En ese momento se plantearían pedir un préstamo para comprar un piso.

Para mí era un mundo diferente. Nunca me había preocupado del dinero que ganaba mi padre con los planos y diseños. Sabía que, desde que estaba asociado con Almusaf, tenía muchísimo trabajo, tanto del ayuntamiento como particular. Siempre iba con el turbo puesto.

Caminé por el callejón, que había perdido el aire siniestro, disfrutando de la frescura de la mañana. Empezaba a cogerle apego a la Plaza de la Posada, tan colorista, pese a la mugre de los edificios. Germán decía que a partir de las doce de la noche el ambiente se enrarecía y el callejón de San Ginés vomitaba tipos folloneros. Durante el día, sin embargo, la terraza del Calentrar estaba abarrotada de turistas. El patio interior del bar, con mesas de mármol sobre patas de antiguas máquinas de coser, se reservaba para los habituales.

Desde el callejón oí una sirena de ambulancia. Me apresuré. En la esquina percibí la agitación. Dos coches de la policía estaban aparcados en medio de la plaza. En el rincón de los soportales, al lado del Calentrar, un grupo de personas dialogaba con los policías. Corrí hacia allí. El Buitre daba explicaciones a dos agentes en medio de un corro. Vi el puesto de Germán intacto. Le pregunté al camarero, quien me condujo hasta el patio interior del bar.

—¿Qué ha pasado?

Germán estaba sentado en un rincón, pálido como un difunto, con las manos en los bolsillos de la cazadora. Se pone de un bueno subido cuando se apena. Los ojos parecen dos estanques de ceniza.

—Los cabrones esos.

—¿Quién, Germán? ¿Qué te ocurre?

Me acuclillé entre sus piernas.

—Narcea y compañía. Han entrado de estampida, con las caras tapadas con las bragas, armados con bates y cadenas.

—¿Te han pegado?

Observé unas gotas de sangre a la altura de las rodillas y en los bajos de los pantalones.

—A mí, no, a Artemio. Se las han dado todas. Sangraba por la cara. Una paliza en un minuto, casi lo matan —noté su estremecimiento. Le crucé la cazadora sobre el pecho. Estaba helado pese a la mañana veraniega.

—Cuéntame.

—Ven aquí, que no te vean —me dijo.

—Que no me vea ¿quién? No te preocupes, Boxi.

Sonrió con ironía. Parafraseó sin ganas a Manolo Tena:

—*Cuando tú estás, todo va bien. El mundo en mi caracola.*

—¿Quién no me tiene que ver?

—Los maderos. Indagarán. El Buitre me metió aquí, él sabe qué se hace en estos casos.

—¿Cómo fue?

—Nada, ya tenía montado el puesto, a las ocho y media o así. Saqué todo el género, primero porque venías y también porque me caía cerca. Íbamos a romper. De pronto aparecieron por las dos esquinas. Fueron directos por Artemio. Yo no los vi antes, pero alguno de ellos debió de estar vigilando la plaza desde primera hora. Artemio necesitaba pasta y trajo los pañuelos de seda, las piezas de madera, los elefantes tallados y demás. Le dieron bien, con los bates, con los pies... Sangraba por la boca. Dacha también se metió. No conoces a Dacha, un tipo que trafica con lo suyo. Sacó la navaja y fue directo al cirio. Le dieron en la cabeza.

—¿También estaba Alfredo?

—Creo que sí. Reconocí a Narcea, a El Polaco, no sé... Iban más, nueve o diez. Si no le dan a Dacha se carga a uno, seguro, figúrate qué lío. Ellos se lo buscan. No la palmará, ¿verdad?

—¿Quién?

—No, sólo tiene un golpe. Me refiero a Artemio. Ayudé a ponerlo en la camilla, no veas cómo sangraba. Tiene una hermana de trece años, qué plan. Cabrones, qué ganas de joder.

—¿Y los cogió la policía?

—Qué va, se largaron. Fue muy rápido. Vienen en manada, meten caña a lo bestia y se largan. Todos a sus casitas, a apalancarse con papá protector, los bordes.

—¿Por qué dices eso? Todos no son iguales.

—No, claro. Son parecidos. No sé El Polaco, pero Narcea, Almusaf, Segorbe, ¿qué? Motos guapas, cazadoras Bomber, Adidas Hooligan... Mucha pasta.

—No metas a Almusaf. Es hermano de Magda.

—Almusaf, lo sabes, es un tarado mental, a lo que

le digan. ¡Y su padre un jefecillo del ayuntamiento, no te jode!

—¡Y su hermana mi mejor amiga! ¡Una tía cojonuda! ¿Te enteras? Y yo, ¿qué? Amiga de Magda Almusaf, mucha pasta, otra borde.

Me miró, pero su pensamiento volaba hacia otro lado.

—Tú, quizá no —dijo distraídamente.

—¡Mierda con lo de quizá! Piensas que todos los que no vivimos en la Plaza de la Posada somos como ésos. ¡Es un pensamiento tan racista como el de ellos!

Me pasó el dedo por los labios y tiritó. Me acarició los ojos.

—*El mundo en una caracola* —cantó por lo bajo y sin ganas—. Tú eres tú. No veas cómo sangraba Artemio, igual la palma. Y todo por nada, por ser negro.

—¡Y a mí me indigna tanto como a ti, no te digo, el gilipollas!

A Germán le hizo gracia mi cabreo y sonrió. Me cogió de la nuca y me apretó contra sí.

—¡Me gustas cuando te cabreas! Por eso sueño por las noches contigo —susurró—. Vamos en un Porsche por una autopista.

—Mentira.

Estábamos en un rincón del patio, encuadrado por paredes negras en las que lucían viejos carteles de boxeo. Las patas de las mesas de mármol eran de metal y con un letrero: Singer.

—Pareja, la mañana es vuestra, podéis noquear. Los escándalos atraen a la gente, la plaza parece un estadio. Queda un coche de la poli para vigilar. Boxi, puedes vender hasta los calzoncillos —aseguró el Buitre.

—Pliego el tenderete. No tengo el cuerpo conforme.

—Boxi, hijo, que tienes ayudante. No te me acojones, con perdón, y vende.

—Otro día.

—Muchacho, hay que sacar pecho en el ring. No te pienses que te pondrá nadie la mandíbula para que le sueltes un gancho. La clave del boxeo, como de la vida, está en ser un buen saco, en aguantar. Ya te llegará el momento de sacar la mano.

—Tengo el estómago revuelto.

El Buitre soltó una carcajada, se limpió las manos en el delantal y fue hacia la barra.

Yo, mientras le ayudaba a recoger a Germán, vendí un vaquero y dos camisetas, cinco mil seiscientas pesetas. Me sentí útil. Aquella mañana podíamos haber sobrepasado las cien mil. Fue emocionante vender. ¡Vendía yo!

Guardamos la ropa en baúles y cajas apropiadas. Le ayudé a subirlas a su casa, un primer piso en la manzana lateral. Las dejó en lo que podría llamarse comedor, una habitación rectangular con dos ventanos. Arrimada a una pared estaba la máquina de bordar programable y en el rincón opuesto la mesa para pintar las camisetas. Curioseé un poco, lo suficiente para darme cuenta de que era un piso diminuto y, cómo decirlo, no había visto pisos así, parecía miserable, qué adjetivo, de novelas antiguas.

—Vámonos de aquí —decidió Germán.

Apareció su padre. Tenía los mismos ojos de Germán, pero con un aspecto de ruina.

—Buenos días —saludó.

La voz sonó temblorosa. El hombre se esforzaba por sonreír. Tenía el cabello rizado, aunque con grandes entradas en los pulsos.

—Nos vamos, papá.

El hombre asintió sin dejar de sonreírme.

Cuando estábamos de nuevo en la plaza le reproché a Germán:

—Ni siquiera me lo has presentado.

—¡Vámonos de aquí! —respondió con un tono avinagrado.

Aquella mañana conocí a un Germán distinto, encerrado en sí mismo. Paseamos por los alrededores de la colina y subimos hasta el castillo. La Playa Rasa estaba abarrotada de bañistas. Brillaban diseminados los parasoles.

Desde aquella altura el mar centelleaba como un espejo líquido. La acusación tonta de Germán, que nos metía a todos en el mismo saco, me sacaba de quicio.

—Voy hacia la Plaza de don Jaime. Cogeré el autobús —le anuncié.

Me acompañó sin decir palabra. Tampoco se opuso a que me largara temprano, apenas eran las once. Ya en la parada me preguntó:

—¿Esta tarde a las siete donde siempre?

—Bien.

Seguía con las manos en los bolsillos y la cazadora puesta pese a la mañana sofocante. Se miró los pies y ladeó la cabeza. Preguntó:

—¿Y tú qué hubieras hecho?

—¿Cuándo?

—En el fondo, sabes, me arrugué —confesó—. Palabra. Teníamos que haber hecho como Dacha, no se puede consentir que te pisoteen.

—¿Es eso? ¿Por eso estás así? No podías hacer nada...

—Me acojoné. Iban a romper, a tope —recordó con la mirada baja.

Me regocijé íntimamente. Me producía ternura verlo abatido, pero, no me preguntes por qué soy tan malvada, tal vez porque me picó con sus comentarios, aún dije:

—Te hubiera gustado cargártelos a todos.

Me miró. Descubrí en sus ojos un brillo perverso. Realizó una mueca de desprecio y observó la plaza. Me gustaría estar en el interior de su cabeza, conocer sus pensamientos. Cuando está preocupado tiene un aire misterioso que lo hace más interesante. Intentó recomponer la conversación y anunció con un tono confidencial:

—Un día de éstos iré a ver a mi abuelo. Es un rollo porque no llega hasta allí el autobús. Él sabe qué hacer en estos casos.

—¿A pedirle consejo al abuelito? —metí una carga de burla en la pregunta.

Subí al autobús. No sé por qué utilicé el cachondeo en un tema que para él es sagrado. A veces se arriesga para saber hasta qué punto te quieren. Vi cómo Germán tensaba las mandíbulas. Al momento intenté disculparme, pero el autobús se puso en marcha. Él no aguardó a verme partir como todos los días. Caminaba con las manos en los bolsillos y ni siquiera miró hacia las ventanillas cuando pasó a su lado. Nada más arrancar el autobús comprendí que me había pasado. La primera ocasión en la que me necesita Germán y actúo como una imbécil. Comprendo, Magda, la desazón que sentirías con tu movida familiar. Por cierto, prosigue el buen tiempo, normalidad absoluta. La tristeza es un velo que todo lo enturbia. Aquella misma tarde se lo explicaría. El «no te jode» que dijo, como si le raspara la garganta, con odio, me sacó de mis casillas. ¡Y encima me metí con su abuelo, su mejor tesoro! La cazadora que usa se la regaló él durante su última visita. Me lo ha contado ya dos o tres veces. Para meter la pata soy única.

Mi madre había ido a la ciudad con Pablo y Águeda preparaba la comida. Necesitaba compensar a alguien, por eso fregué los dos baños.

—¿Y yo me siento, lucero? ¡Mira qué bien!

—Te sientas en el jardín a tomar un vermú.

—Muy bonito. Y cuando venga tu madre, no dirá nada, claro, pero podría decir que si patatín que si patatán.

—Que pruebe.

—¡Rediós, qué genio tiene mi niña!

La obligué a sentarse en el jardín y se tomó una limonada acompañada de aceitunas. Sus comentarios fueron todo un espectáculo. Cogió el autobús de la una. Yo tenía la mesa puesta y le prometí que fregaría después de comer.

Antes de que viniera mi madre aún toqué el saxo. Sonaba mal, no pisaba correctamente las llaves y el sonido chirriaba. A veces mi antiguo profesor me dejaba su Buffet, un saxo tenor con pabellón de cobre. Tenía un sonido redondo y sedante. Un día tocaría con un saxo similar. Yo tendría mi propio negocio y pagaría mis caprichos.

Disimulo fatal. Si mi padre venía a comer podía notar mi depre y atacar con una batería de bromas. No sabían con quién salía. Mi padre preguntaba diariamente por «el jefe de perros». El enano canta como un canario. Mi padre se troncha con la narración de Pablo. Se la hizo repetir una docena de veces. Sin embargo mi madre, una caja de sorpresas, había extremado la delicadeza. No puso pegas cuando me compré un rímel caro ni un perfilador.

Por si acaso me coloqué los cascos y una cinta de Kenny G. No vino a comer mi padre. Fui lo suficiente cortés para no mosquear a mi madre y a las cuatro estaba sola en el jardín. Pablo había cogido la bendita costumbre de dormir la siesta. No tenía humor para aguantar a nadie. Aproveché para limpiar el saxo. Desmonté la abrazadera y pasé la escobilla por el tudel. ¡No iban a llegar nunca las siete menos cuarto! Me iba a volcar con Germán. Tenía que explicarle detalladamente la causa de mi comentario sobre su abuelo. Les puse aceite a las llaves y abrillanté con la gamuza el metal. Probé con *El guardaespaldas*. Una disonancia se escondía dentro del cuerpo del saxo. Coloqué el boquillero y lo guardé en el estuche. No era mi día.

—Te llaman, Raquel —mi madre sacó el teléfono al jardín.

—¿Quién?

—Iván o Serván.

—¿Iván? —me extrañé—. ¡Ah, trae! —Mi madre había entendido Iván. ¡Era Germán!

—Dime.

—Raquel, soy Germán. No podré ir.

—Cómo estás, cuéntame —puse dulzura en mi voz. Mi madre, discretamente, desapareció.

—No podré ir. Yo te buscaré, ¿vale?

—¿Pero por qué? —oí caer monedas. Llamaba desde una cabina.

—Nada. Tengo una obligación.

Consiguió irritarme:

—¿No vas a decirme por qué no salimos hoy?

—Será por mi abuelito, prenda.

—Perdona...

—Ha venido la policía. Artemio ha dado mi nombre, qué gracia. No estaba tan mal como pensaba. Tiene dos dientes rotos, una ceja partida y otras averías. Dacha, qué vista tuve, era todo al revés, está peor, conmocionado. Tengo que ir a comisaría y después al juez o no sé. Mi madre se empeña en acompañarme. Adiós.

—Oye...

Colgó. Me dejó helada, como si acabaran de darme una bofetada. ¿Qué quería la policía de él? No tenía ni idea de estos asuntos. Podía preguntarle a mi padre, pero estaba Alfredo por medio. Era mejor callarme. Mañana todo se habría solucionado, seguro. Dijo que, ¿cómo se llama el moro?, el que sea, está conmocionado.

Al menos Germán me había llamado, eso sí, frío como un témpano. Estaba dolido.

Ascendí la senda del barranco acompañada de *Niebla* y me senté bajo las higueras. Eran los únicos árboles que quedaban de la finca agrícola que había acabado en solar edificable. La urbanización de Calaluna se asentaba a mis pies. Cuarenta y tres chalés miraban al mar y ascendían por la ladera. Me acordé de ti, Magda, faltan doce días para que vengas. Si te tuviera aquí para que aguantaras mis rollos... El mar se enfrió, se vistió de un azul profundo. *Niebla,* con una intuición extraña, apoyó su cabeza en mi pierna. Querría tocar con un saxo de mar la tristeza de color prusia. Sonaría profunda y densa, una música de la misma materia que mi melancolía. Te contaría que la tarde, tan soleada, está rota por el grito de las gaviotas. Me apetecía tocar la canción que canta Luz Casal. *Si tienes ganas de llorar, piensa en mí.* ¿Vería mañana a Germán? *Tu párvula boca que siendo tan niña me enseñó a pecar. Niebla* varió la postura y se echó a mis pies. Lo imagino con sus ojos claros, cabizbajo, en la comisaría. *Piensa en mí cuando sufras.* No parecía asustado, sólo distante y seco. ¿Y si dejara de quererme? Una nota violeta daba un aspecto amenazador a la cartulina del mar. En la playa pedregosa de Calaluna se bañaban unos críos. ¡Vámonos, *Niebla*!

Tampoco lo vi el sábado. Pillé el autobús a la hora

de siempre y paseé por la ensenada. Alisé la arena del hueco donde ensayo en invierno, como hace él, y dibujé un corazón. El domingo repetí la visita. Me pasé el fin de semana tocando canciones tristes. ¿Por qué no me llamaba?

La mañana del lunes, antes de desayunar, descubrí la nota. Mi padre había dejado abierto el periódico por aquella página. Seguro que lo había leído.

«Detenidos cuatro cabezas rapadas. Cuatro jóvenes, integrantes de una banda de *skin heads,* fueron detenidos ayer. Son los presuntos autores de una brutal paliza a dos vendedores ambulantes, extranjeros ambos, que ejercían su actividad en la popular Plaza de la Posada. Uno de ellos, emigrante argelino, permanece hospitalizado debido a una conmoción cerebral. Los detenidos son N.N., A.A., D.S. y E.O.»

¡Nicolás Narcea, Alfredo Almusaf y David Segorbe! No conocía al cuarto. Estaba asustada.

5

Mi madre fue la primera en ponerse al loro de la situación. El martes, a las ocho y media o así, llamó suavemente y entró en mi habitación con un disco. Yo estaba acodada en el alféizar y miraba el arco de cabezos que rodea la urbanización.

—¿Puedo poner un disco?

Me sorprendió, qué puntazo matinal. Asentí, claro. Tenía en mi habitación el tocadiscos que perteneció a mi madre de soltera. No da un sonido láser pero se puede aguantar. Se acomodó a mi lado y sonó la música. Alucino con mi madre últimamente.

—*Yesterday* —aclaró.

La neblina difuminaba el paisaje.

—¿Es por el chico? —venía con una táctica meditada.

Hice un gesto ambiguo. Mi madre sabía de qué hablaba. Iba directa al grano.

—Aunque el primer amor es maravilloso, a veces, surgen problemas, diferencias. Eres muy joven, demasiado joven.

—Siempre igual, dentro de nada quince años.

—¡Quince años! —suspiró.

El sol disipaba la gasa y dibujaba contornos brillantes. Puse el disco de nuevo. Le agradecía su delicadeza pero no podía contarle. Ambas sabíamos que habían detenido a Alfredo, en casa de los Almusaf se había armado el cirio padre. Sobre esto no me dijiste nada, Magda, y sigo sin avisarte. Germán podía ser responsable indirecto de la detención.

—Mamá...

—Dime.

—No te lo puedo contar ahora, pero te lo agradezco.

La cogí del brazo y miramos a lo lejos. Apareció el horizonte nítido mientras la calina se convertía en un polvo dorado. Aquella misma mañana iría a la Plaza de la Posada. Tenía que hablar con Germán, saber todo lo que había ocurrido. No podía permanecer ni un minuto más en Calaluna consumiéndome por dentro. Me dio el arrebato y me puse el vestido de viscosa y las sandalias abiertas. Cuando me pinté con cuidado los ojos me miré en el espejo y me vi hecha toda una pija, impecable. Parecía mayor, el espejo me daba diecisiete o dieciocho. Me despedí de *Niebla* y cogí el autobús.

La Plaza de la Posada estaba tranquila. Dos municipales paseaban por la acera del bar de Chimo y el camarero del Calentrar montaba la terraza. Me encaminé directa a casa de Germán. Subí la docena de escaleras de aquel patio lóbrego y toqué el timbre. El sonido me sobresaltó. Notaba el corazón en los pulsos. Raquel, me dije, le tienes que echar ovarios al asunto. Pulsé de nuevo el timbre, con un pelín de insistencia, hasta que oí pasos. Me abrió su padre, vaya corte.

—Buenos días. ¿Está Germán?

El hombre sonrió y negó con la cabeza. Me miró a los ojos y bajó la vista.

—Espere.

—¿Quién es? —se oyó desde dentro. Estaba lista, tenía que ser su madre.

—Sal, Emilia —dijo el hombre.

Una mujer alta y seca me observó con detenimiento. Pudo haber tenido buena presencia, pero estaba vieja. Me miró de arriba abajo con descaro.

—¿Quién eres tú?

—Raquel, la amiga de Germán. ¿Está él?

La mujer apretó los labios y procedió a un examen detenido. Una pasada.

—Es verdad que eres guapa, muchacha —soltó con desparpajo—. Germán no está ni estará para ti, vamos a ser francas.

Me corté como una colegiala. Debí contestarle en el mismo tono pero tampoco me dio tiempo. Prosiguió:

—Tú eres, no sé cómo decírlo suavemente, distinta, ¿me entiendes? Nosotros somos unos pelagatos. Hemos empezado con un jaleo, y grave, y después vendrán mil.

—¿Y Germán dónde está? —aún me atreví a replicarle. Aquella mujer te pulverizaba con sus maneras.

—A Germán lo han detenido por tener pastillas y no sé qué más en el puesto, drogas de ésas. Es mentira, tú también deberías saber que es mentira. Sospecharon que iba a dar los nombres de ese grupo, esos niños que se aburren y se dedican a apalear a la gente. No soltó prenda ante el juez, pero por si acaso nos la han jugado. Ahora me quieren chantajear. Están apañados.

—¿Y dónde está ahora?

—Me agrada tu interés. No te preocupes por Germán. Yo lo sacaré de esto. Alguno se va a tragar las pastillas. Mira, muchacha, aunque pienses que soy una antigua, y aunque digan que ahora somos todos muy dignos y demás, es mentira. El dinero es el dinero. Quiero decirte, a las claras, que te olvides de Germán y sigáis cada uno por vuestro lado. ¿Me entiendes?

—Yo haré lo que quiera —fue mi única salida de tono, y me aplaudí por dentro. Aquella tía me avasallaba. Ni me escuchó.

—Sois muy jóvenes. Y tú eres guapa, comprendo la chaladura de mi hijo. No te faltarán. Dirás que soy muy mal educada, brusca y demás, tienes razón. Me alegro de verte por primera y última vez. Tengo que irme.

Cogió el bolso que estaba en un mueblecito del pasillo, salió y cerró la puerta. Bajó las escaleras con prisa. Me dejó atrás y desde la plaza me dijo, como quien da un portazo y zanja el asunto:

—Adiós.

¡Habían detenido a Germán por un asunto de drogas! ¿Qué locura era aquélla? La bruja de su madre había insinuado que alguien colocó la droga en el puesto para chantajearlos. ¿Dónde estaba él? ¿Se acordaría de mí? ¡Y encima yo gastando bromas con su abuelito! Me sentía fatal.

Deambulé por la plaza como una sonámbula. No me atrevía a subir de nuevo y sonsacar a su padre.

—¡Señorita! —el grito de El Buitre me sobresaltó—. Si continúa con esa cara me va a espantar a toda la clientela. —Sonreí—. Así, sí. Se llenará la plaza en un momento. ¿Problemas?

Quizá El Buitre me diera datos sobre Germán. Lo imaginaba en la cárcel y un dolor me cruzaba el pecho. Tenía que arreglar aquel embrollo y pronto.

—¿Usted sabe dónde tienen a Germán?

El Buitre sonrió. Su cara redonda y roja tomaba el aspecto de un payaso.

—A Boxi le han gastado una cabronada fina, con perdón. Ha pasado la noche en la comisaría. Su madre parece que tiene el asunto arreglado.

—¿En la comisaría?

—Sobrevivirá —soltó una media carcajada y su nariz curva avanzó hacia la boca—. Eso curte mucho, hay que ser buen fajador.

—Su madre dice que le pusieron droga.

El Buitre me miró sorprendido.

—¿Ha hablado con Emilia? Y la ha mandado a hacer leches, claro.

—Esa mujer es una bruja.

—Tiene correas la niña, me gusta. Ven.

Me condujo hasta el patio interior, recién rujiado. Se metió dos dedos en la boca y silbó.

—¡Diga!

—Encárgate de la barra —le ordenó al camarero—. Voy a contarle algo sobre Emilia. ¿Un zumito?

—No me pasará de aquí —me señalé la garganta.

A El Buitre le divertía mi semblante. Me trajo un zumo y una extraña tapa.

—Manjar de monjas. Pruébelo.

Miré una naranja menuda pelada. Le había extraído el corazón y de allí salía un chorro de nata y miel, coronado por una nuez.

—Emilia no es una bruja. Es una de esas mujeronas que o la montas bien o... No, perdón. Qué burro soy. ¡Olvídelo! Es de esas tías que tienen las cosas claras. De esas que les encantan y les dan miedo a los hombres. Luchan hasta que les salen pelos en el hígado. No la habría querido tener de enemiga en el ring. Estaría tocada, pero nunca arrojaría la toalla. ¿No lo prueba?

Cortó la naranja en dos y me ofreció.

—Muy breve, que hablo más que un boxeador sonado. Emilia llegó aquí con idea de buscarse la vida.

Trajo un marido asmático como quien trae un baúl. Montó una tienda de ropa en el callejón y tiró para adelante. Venía gente fina a comprarle hasta que, de repente, el callejón de San Ginés se llenó de putas, con perdón, como antiguamente, y vinieron crudas. Cerró la tienda y trabajó en la fábrica de zapatos, hacía turno y medio. Pagó las deudas y ahí sigue. Piensa abrir de nuevo la tienda y comprar un piso. Y lo hará. ¿A que está bueno?

—Excelente.

—Pues eso. La he visto cargar alguna noche con Germán, Germán padre, cuando va borracho perdido. Se lo echa a las costillas y lo sube a la cama. El hombre se sintió inútil. Cuando un hombre se siente inútil o se pone un bar o se bebe el bar. Yo, que estuve en las mismas, hice lo primero. Ahora le han tocado a Emilia el punto frágil, el hijo, el Boxi, que se ha criado por aquí, y claro, ha salido la loba. Emilia puede ser como una loba cuando le tocan el cachorro. La ha cogido a usted por el medio y la ha tumbado, ¿a que sí?

Asentí. Prosiguió:

—Le ha dicho que se largue con viento fresco porque la próxima vez que aparezca por su casa saldrá por el ventano.

—No ha llegado a tanto.

—¿No? —El Buitre meditó y se secó las manos en el delantal—. Es raro. Igual le ha caído usted bien. Se pone esto interesante.

—Jefe, preguntan por usted —anunció el camarero.

—Señorita, ya sabe dónde estoy. Presiento que la veré de nuevo. Las peleas no acaban en el primer asalto.

—¿Qué le debo?

—La conversación.

Volví a casa angustiada y llena de dudas. ¿Por qué aquella mujer, dijera lo que dijera El Buitre, afirmó que no volvería a ver a Germán? ¡Será estúpida! ¿Por qué iba a dirigir la vida de su hijo y de rebote la mía? Que no soñara nadie con dirigir mi vida, lo que faltaba. ¡Si ella pisaba fuerte yo podía arrasar! Era mi Germán, mío. Porque estoy colada por él, sueño con él, toco por él, es duende de mi saxo. Al día siguiente lo vería en la comisaría, en la cárcel o donde fuera.

Niebla, que vivía en mi jardín, festejó mi llegada como si olfateara la inquietud. Es un animal inteligente, Magda. De ahora en adelante la compartiremos. Sigue tranquila, buen tiempo. ¡Tendrás morro, sólo una postal desde que te fuiste!

Águeda, qué guapada de mujer, me devolvió la pelota al verme pachucha. Me gustaría tener una abuela así. Sólo conocí a yayo Tonio, el padre de mi padre, que trabajaba en la huerta. Me acuerdo vagamente de él. El día del entierro, ¿qué edad tendría yo?, diez años, iba a quinto de EGB, me llevaron a un zoológico unos amigos de mis padres. Águeda se empeñó en servirme un aperitivo fino, como dice, en el jardín.

—A ver, lucero, pide por esa boquita —qué genial la tía.

—Siéntate conmigo.

—Soy del servicio, hija, dirán que si patatín que si patatán —y le entraba la risa.

—¿Sabes, Águeda? Estoy coladísima por un tío. Y ahora todo son problemas. Tiene unos ojazos...

—Te lo notaba, lo va pregonando tu cara, un día de rosa otro de pasa. ¿Ya te ha besado, lucero? —preguntó de sopetón con la mayor naturalidad.

Dudé, pero respondí:

—Una vez de refilón y después dos medios besos.

Se sentó enfrente.

—Mírame, ¿a que te parezco vieja? Es que soy vieja, rediós. Pues, así de vieja y todo, me acuerdo como si fuera ahora de mi primer beso. ¡El mar es más mar, el cielo es más cielo! ¡Una revolución!

—¿Y siempre es así? ¿Cada beso es un terremoto?

—Bueno, hija, qué quieres que te diga. No. Los besos, cuarenta años después, son un empujoncito, ya no son un terremoto. ¡Pero a ti aún te quedan cientos de besos que son peores que un terremoto! ¡Una revolución!

Se levantó, cogió airosamente los dos vasos y se metió dentro murmurando:

—¿Por qué no me habrá dado Dios una hembra, con la de cosas que se pueden hablar con ellas? ¡Siempre hombres, tan machos y tan sosos!

La ayudé a poner la mesa. Mi madre volvió con Pablo y preguntó con inquietud:

—¿Ha venido tu padre?

—No. ¿Viene a comer?

Sin responderme se dirigió a Águeda.

—Hazme un favor, dale de comer a Pablo en la cocina y entretenlo si se prolonga la conversación.

—¿Tiene hambre mi campesino? Hala, ven conmigo —y Águeda cogió en brazos a mi hermano.

—¿Pasa algo, mamá?

—Tu padre ha llamado a media mañana —se entretuvo alisando la cortina. Esperaba a que saliera Águeda.

—¿Y? —la apremié.

—¿Tú quieres a ese chico?

—Oye, mamá, así, de golpe y porrazo... ¿Por qué?

—¿Cómo es?

—¡Cómo es, cómo es! *Y cómo es él* —canté.

—Escucha —se sentó. Había meditado cada palabra—. Al parecer es uno de los testigos que propiciaron la detención de Alfredo... Ahora viene.

Las dos oímos la sacudida de la portezuela. Mi padre nos sermonea cuando cerramos el coche con brusquedad y en cuanto él se cabrea es capaz de saltar la cerradura con el golpecito.

—Hombre, están las dos allanando el terreno, ¿no?

Mi madre lo miró con calma. Deduje que habían discutido.

—Vamos a ver, señorita, ya te habrá contado tu madre.

Usaba un tono borde, extraño en él. A mí, aquello de «señorita» en lugar de Raquel me hizo calibrar la gravedad del asunto. Era rarísimo en mi padre, además de una gilipollez, ¡señorita!

—Pues te equivocas, Agustín, no he allanado nada —aclaró mi madre.

—Perfecto. Explícame con quién sales, desde cuándo y a qué se dedica ese individuo.

—Te estás pasando, papá, con ese tono. ¿Por qué dices «individuo», así, como si fuera un asco?

—Ya me dirás qué es si no. Un tipo que se dedica a vender drogas de diseño.

—Mortal. No sé quién te ha contado ese cuento pero es una mentira integral —aseguré yo.

—Dejarás que se explique tu hija. Le has preguntado, Agustín, quién es el chico. Escúchala —aconsejó mi madre.

—Tu hija frecuenta la Plaza de la Posada, sale con un camello, que ha sido detenido por traficar con estupefacientes y que tiene antecedentes por robo. ¿Qué tengo que escuchar?

No me eché a llorar por ovarios. Lo que más me indignaba era el tono gritón y cínico de mi padre. Era la primera vez que lo veía así. Algo se incendiaba en mi interior.

—¡Germán no es camello, no roba, se la sudan las pastillas! ¿Te enteras? —solté con acritud.

—¿Germán Almenar?

—Sí.

—Coinciden perfectamente los datos. ¿Sabes dónde está ahora? —mi padre se rió con burla como si yo fuera una ingenua.

Sentí una rebelión interna, no pude dominarme:

—¡En la comisaría, porque algún hijo de su madre le ha metido pastillas para acusarlo! —le grité.

Se puso pálido. Yo barrí una lágrima que resbaló sin mi permiso.

—Que sea la última vez que me hablas así —pronunció con lentitud. Era tanta la tensión que podría saltar una descarga. Jamás le había contestado así a mi padre, aunque era distinto al de siempre. Sus burlas agrias me crispaban.

—Perdón —dije sin temblarme la voz, pero esta vez se escaparon tres lágrimas—. Tú tampoco habías sido así, siempre te creías lo que yo te decía. Nunca te miento —me interrumpí, tragué saliva—, de verdad.

Apoyó la cabeza en el respaldo del sillón.

—Vamos a ver —continuó con firmeza—. Germán Almenar insinúa ante el juez que vio al grupo que apaleó a dos individuos. No nombra a los componentes del grupo pero tengo que decirte que entre ellos se encuentra Alfredo Almusaf, entérate de una vez, el hermano de Magdalena, tu amiga.

—Vaya novedad.

—¡Alfredo puede ser detenido de nuevo, juzgado y recluido en Liria! Y su padre, nuestro amigo, sufrirá, además de por su hijo, naturalmente, por el acoso de la prensa. Si de este asunto se entera la prensa, adiós a su carrera política. ¡Y ahora resulta que el acusador es tu... tu amigo, dijéramos así!

—Mentira —y mis ojos, ¡serán frágiles!, me traicionaron y comenzaron a desbordarse. Vi cómo se le empequeñecía la boca a mi padre, era capaz de pegarme. ¡Mi propio padre, tan comprensivo!

—No te conozco, Raquel. Yo no te miento de verdad ni de mentira. Ese muchacho con el que sales fue detenido por robar coches a los doce años, los abría con otro delincuente, El Puertas, ahora en prisión. De nuevo Germán Almenar ha sido detenido por vender droga.

—¡Mentira! —y mi propio tono me asustó.

Mi padre alzó la manó y me golpeó en la rodilla. Se rompió en pedazos el mundo.

—¡Déjala que se explique! —mi madre no gritó, pero su semblante no admitía dudas.

—¿Vas a creerla a ella y no a mí? —preguntó histéricamente mi padre.

Mi madre sonrió para darme fuerzas. Pero la verdaderamente fuerte era ella, se crecía. Exigió:

—Cuéntanos.

—Germán no vende drogas ni se mete con los *skins*. Alfredo pertenece a un grupo que apalea a los negros, a los extranjeros, a los de mala pinta... Y lo sabe Germán, lo sé yo, lo sabe todo el instituto, ¡todos!

—¿Lo viste tú? —preguntó mi padre.

—No.

—¿Entonces? Es muy fácil que te hagan entrar dentro de su juego. Nosotros nos debemos a los Almusaf.

—Nosotros apreciamos a los Almusaf, pero no nos debemos a nadie —precisó mi madre. Temí la discusión entre ellos. Las frases de mi madre eran rígidas, como bloques de hielo.

—No, claro, nos debemos, pues, a tus jaquecas. Este chalé fue producto de una inversión conjunta y nos metimos en el proyecto con el único afán de contentarte. Parte de mi trabajo se lo debo a él. Pero cuando está en apuros nos olvidamos.

—Habrá que saber la verdad exacta —sentenció mi madre.

—¿La verdad exacta? ¿Nuestra verdad? ¿Aún la dudas? Tú decías que tus jaquecas se curarían al lado del mar, relajada. ¿O también miento? Estabas ilusionada con esta urbanización, que fue posible gracias al concejal de urbanismo, te recuerdo. Sabemos la verdad perfectamente, pero es incómoda. Sin embargo, gozamos de los beneficios. —Calló un instante como si tomara aliento y ordenó—: Tú, Raquel, dejarás de salir con ese individuo. Es la última vez que pisas la Plaza de la Posada. ¡No quiero que tengas ninguna relación con ladrones y drogadictos!

—¡Yo lo quiero y lo veré!

—¡Está terminantemente prohibido para ti verlo hasta que se aclare este asunto! —apretaba los labios hasta que la boca formaba una línea—. No sabes nada de la vida. Ha sido muy cómoda para ti: la ropa que quieres, profesores de saxo, doble vivienda... Una niña bien a quien engaña el primer listillo.

De pronto se cortó mi llanto. Quería a Germán y odiaba aquella tira de mentiras, de reproches. Sabía cómo podía herirlo:

—¿Sabes qué te digo? ¡Que eres un hipócrita! ¡Sólo defiendes a Almusaf por interés!

—¡Raquel, cállate! —el imperativo de mi madre me hizo temblar. Me estremecí y subí a mi cuarto. Me había pasado con mi padre. ¿Y si fuera verdad que Germán traficaba con drogas?

Dejé de aguantarme y lloré como nunca recuerdo haberlo hecho. ¿Qué pensaría mi padre? De pronto se había roto el cántaro de mi infancia y, por bien que intentara pegarlo, nunca sería igual. Se había quebrado el padre que yo conocía, perfecto, sin fisuras. Horrible. Tampoco yo sería la hija que él creía. Lo había llamado mentiroso e hipócrita. Lloré desconsoladamente sin tener conciencia del tiempo. Cuando el cuerpo se agotó y cesaron los sollozos, me asaltó una duda. Semejaba una espina de rosal incrustada entre la uña y la carne. Mi padre podía tener razón, Germán robó un coche para traerme a Calaluna. La humedad de la almohada me escocía en la cara. ¡Dios mío, mi padre tenía razón! La espina me abrió la uña. Yo misma vi cómo sacaba Germán un llavero con diversas ganzúas. ¡Robó el coche! ¿Y si también vende drogas? Recordé el día en que saltó una verja, ¿otra evidencia?, para cortar una docena de rosas porque a mí me gustaban. Huele a limpio, es tierno, soñador... Es imposible que venda drogas, no puede hacerlo. ¡Lo obligaban! Lo obligaba la bruja de su madre, obsesionada por ganar dinero. El puesto ambulante era un camuflaje. Aquella mujer compraba droga y exigía a Germán que la vendiera. Yo la desenmascararía, era mi obligación. ¡Germán es inocente! Su madre, harta de su vivienda miserable, atesora dinero sin importarle los medios. Esto es lo que ocurrió, señor juez. Y yo, papá, tenía una parte de razón, porque lo quiero, ¿sabes? De nuevo otras lágrimas, estas más dolorosas, como granos de arena, volvieron a fluir.

Oí pasos. No era el momento de hablar con nadie, ni siquiera con mi madre. Llamaron a la puerta.

—Ahí la tienes —anunció mi madre.

—¡Magda!

Sentí tanto placer al abrazarla que retornaron los sollozos.

—*Mais, comment cela se fait-il? L'amour? Toujours l'amour!*

—¡Magda, no me jodas ahora con el francés!

Su risa se mezcló con mis lágrimas. *Niebla*, que se había colado en la visita, nos agasajó con lametazos. Estuvimos hablando hasta las doce de la noche.

6

Nada más abrir los ojos el mundo se me vino encima con un estrépito de cristales rotos. Pese al talento de Magda, que le quitó importancia al asunto, lo cierto era que algo se había roto entre mi padre y yo. Nunca volvería a ahorcarme del palo mayor al amanecer. Además, estaba perdiendo a Germán, mi única ilusión. La noche fue horrible, llena de pesadillas. No sé cómo dices, Magda, que si te dejas invadir por el miedo cuando estás en la cama sientes un placer superior. Tú te acuestas leyendo *El gato negro* y otros cuentos de Poe.

Lo único que estaba vivo en mi cuerpo era el estómago, tenía un hambre de lobo. No había comido ni cenado el día anterior. Mi madre anduvo severa y fría, en plan de jueza. ¡Reinaba un ambiente maravilloso en mi casa! Yo también evité la conversación. Sólo le dije que había quedado contigo.

Mientras viajaba en el autobús pensé en tus planes, eres un torbellino. A veces da miedo tu seguridad. Afirmabas que íbamos a aclarar aquel embrollo de una puta vez, fue tu última frase. Tú, que eres tan relamida y no sueltas un taco, cuando lo dices parece que suena un gong.

Antes de ir al parque donde habíamos quedado pasé por la ensenada, invadida por los bañistas. En el parque contiguo a la residencia estabais las tres: tu abuela, *Niebla* y tú. Besé a la abuela.

—No me digas más, Magdalena. Raquelita no está enamorada, está chiflada perdida. Ojeras, palidez y sueños alborotados. Tiene la mejor enfermedad —diagnosticó la abuela.

—Explícate, abueli.

Nos miró con aire irónico. Había envejecido muchísimo.

—Tiene empacho de juventud, se curará. ¡Pero, venga, repasad esos planes, locatis!

Me senté en el césped al lado de Magda, que se abrazaba las rodillas a los pies de la abuela. Mi amiga abrió su agenda y enumeró:

—A ver, por orden. Primero tu Germán, dónde está, por qué, quién le metió la ensaimada. Segundo, mi amorfo gemelo. Quién le sacudió al morito, que no es un pollo desplumado, usa navaja barbera. Por cierto, ha mejorado.

—¿Cómo lo sabes?

—He ido al hospital. Servicio de atención al inmigrante. Pero, guapa, ¿no ves el cartel?

Llevaba colgado en el bolsillo de su camisa una tarjeta azul en la que decía: «Departamento de Atención al Inmigrante. Elena Torrent».

—Alucino contigo, tía.

—Estamos de investigación, *ma chérie*. Hay que ser audaz, rápida, certera. En la recepción del hospital se lo han tragado sin rechistar. Información de primera mano.

—No saques tanto a la reina, Magdalena. Juega con los peones, condenada, presiona con los alfiles, ataca con los caballos... Pero guarda a la reina —aconsejaba la abuela.

Ella te había enseñado a jugar al ajedrez durante los siete meses de convalecencia del accidente de tráfico.

—Imposible, abueli, no puedo jugar a tablas. Sigo. Los adultos. Los padres se llevan su juego, aunque el mío no suelta prenda, mudo total. Intenté sonsacarle y se hizo el sueco. «Tú, Magdalena, hazme el favor, anima a tu hermano y sácale de la cabeza tantas tonterías.» Eso me recomendó.

—Y Alfredo, ese ingrato, hace dos meses que no lo veo, ¿cómo se lo toma? —preguntó la abuela.

—Va de valiente, abueli. Soldado blanco matar indios. A mí me da que quiere encubrir a Narcea. Soldado blanco ser tan estúpido que morir por jefe.

La abuela reía por lo bajo, se ve que te adora. Aquellos siete meses que pasasteis juntas os hicieron íntimas. Tú precisaste:

—Aunque está arrugadillo por dentro. La noche que pasó en la comisaría fue un buen supositorio, ¡blum! Modosito y callado: sí, papá, sí, mamá, sí, papá. ¡Menudo alivio! ¡Ni siquiera pone a Bon Jovi!

—¿A quién?

—Un grupo musical, abueli. Menuda empanada mental lleva mi hermanito. Alfredo no usa la cabeza sino la batidora, lo mismo bate a la gente que bate las ideas.

—Debe de ir bien de dinero. Ni siquiera se acerca a darme un sablazo. ¿Conseguirás que venga antes de san Miguel?

—¡Me lías con los santos!

—Finales de septiembre.

—Tú, el 28 de septiembre, no quiero réplicas, abueli, comerás conmigo. Y punto. Mi cumple. Comerás con nosotros y vale.

—Raquelita, niña —la abuela se dirigió a mí—, que excepto la edad todo tiene arreglo.

—Déjala, abueli. *L'amour.* Está de un negro profundo. ¿Y a mí cuándo me llegará?

—A lo mejor este verano te tomas el primer sorbito. El amor es como el agua del Carmen, hace milagros.

—¡Me apetece una litrona! Pero si es que me gustan los tíos maduros, tipo Richard Gere, Antonio Banderas, José Coronado... O sea, maduros.

—Sí, hija, conozco a dos. Se puede ir a coger cerezas con ellos. ¿Y el Banderas ese?

—Ha hecho una película de vampiros —le aclaré yo.

—Os invito al cine cualquier tarde —propuso la abuela.

—En cuanto resolvamos el asunto. Tú pagas. ¡Venga, en marcha! —decidió Magda. Se la veía más fresca que una rosa—. ¡Hacia la famosa Plaza de la Posada! El nido del vicio y el amor. *On y va!*

—¿A la Plaza de la Posada? ¡Imposible, Magda! ¡Están las cosas que arden con mi padre como para echar un chorrito de gasolina! Si me descubre voy lista.

—No me hagas tragedias, Quel. Este asunto nos dura una semana. Intrepidez y emoción. Quiero saber la verdad.

—Seguro. Pero no os asustéis cuando os salude —recomendó la abuela y se levantó con gran esfuerzo.

—Enigma. Aclárate, abueli.

—La verdad en este caso puede ser pesada. No la queráis llevar toda a la espalda, es mejor que cada uno cargue con su trocito.

—¿Viene usted?

—Raquelita, ya sé que estoy muy vieja. Pero aprende a disimular, quedarás muy fina. Antes me decías de tú.

—Vale. Ven con nosotras. Si me tropiezo con mi padre tú me salvas.

—Yo no puedo ir sola. Tendrían que acompañarme estos dos y somos muchos.

—¿Qué dos? —pregunté ingenuamente.

—Ya estás de guasa —adivinó Magda.

—Esta gayata, que perteneció a tu abuelo, que estará en la gloria sin mí, y el señor Parkinson, un amigo íntimo. ¡Venga, largaos ya!

—¿No quieres que te acompañemos?

—Estoy a cien metros de la residencia. Media hora a mi trote. Me conviene, dice el quebrantahuesos de la residencia.

Besamos a la abuela y *Niebla* correteó a su alrededor.

—¡Ven aquí, mala perra! —*Niebla* saltaba y le rozaba la cara con el hocico—. ¡Ya, ya, muy contenta de verme pero te vas con ellas! Siempre pensé que teníamos la misma edad —la perra se sentó sobre los cuartos traseros y escuchaba—, pero me parece que cambiaré de restaurante antes que tú.

—*Pas si vite!* ¡Abueli, ya basta!

—Perdón, Magdalena. No cambiaré de restaurante sin despedirme de ti. Y mantenedme informada. ¡Estas dos mulas son capaces de volcar la tartana!

A la media hora estábamos en la Plaza de la Posada. El huracán Magda Almusaf se había puesto en marcha. Lo terrible es que podíamos descubrir que Germán, contra su voluntad, era un camello consumado. Por el camino pregunté:

—¿Qué es eso del cambio de restaurante?

—Tonterías de ella. Está en plan negativo. Barrunta, así lo dice, que se morirá antes de que llegue el invierno. Para que yo trague, asuma y demás, es así de burlona, me dice: «¿Qué hará tu abuelo por el otro restaurante? Hará el ganso. Tendré que visitarlo porque es un calavera cuando está solo».

El Buitre, en cuanto nos vio, preguntó:

—¿Segundo asalto? Ya vi que la zagala era bragada. ¿Y la bonita compañía?

—Magda, una amiga. ¿Y Germán?

El Buitre se limpió las manos en el delantal y nos condujo al final de la barra.

—¿Dos zumitos?

—No, gracias. ¿Han soltado a Germán?

—El pájaro sigue enjaulado. Al parecer un fiscal apretó los tornillos. Lo cogieron con mucha porquería, llevaba de todo. Se la metieron en los bolsillos de los pantalones vaqueros que vende. Emilia, que está que muerde, dice que el juez decidió retenerlo hasta que terminen las averiguaciones.

—¿Y se le puede visitar? —inquirió Magda.

—No sé, guapa. Eso, la Emilia. Aunque ahora no os la recomiendo, araña.

—¿Y quién lo denunció? —prosiguió Magda.

—¡Vaya! Preguntona la amiga, ¿no?

—No se puede consentir que detengan a un inocente.

La respuesta de Magda confió a El Buitre.

—Eso digo yo. Según Emilia, una voz anónima llamó a la policía. Está más claro que el agua, el mismo que le metió la droga lo denunció.

—¿Y Germán no sabe quién fue? —interrogué yo.

—Pasa mucha gente por un puesto. Vete a saber. Hay que confiar en la pegada de Emilia en cuanto bajen la guardia. Se conoce que la primera vez actuó con suavidad, pero ahora dice que va a agarrar de los huevos, con perdón, al pez gordo, y que no soltará hasta que le devuelvan al gorrión.

—Gracias por todo. ¿Podré llamarlo por teléfono? Es mi único contacto con Germán.

—Me gusta ser contacto, nunca he tenido mucho. A mandar, guapas.

Cuando salíamos me llamaron con voz medrosa:

—Señorita... —era el padre de Germán—. No sé si me conoce. Le digo... —balbuceó.

—Claro que me acuerdo. ¿Ha hablado con Germán?

—Le digo... Mi chaval no es malo, no piense —se calló y me sonrió. Tuvo un comportamiento extraño.

Ya en la plaza Magda constató:

—Era el padre de Germán, evidente.

—Sí. No lo comentes, si se enteran en mi casa será la guinda, pero es alcohólico o algo así. No creo que sea...

—No te esfuerces, Quel. He dejado de pensar que los adultos son perfectos. Yo no podía creerme el folletín que me contaba mi madre, hasta que lo vi. Mi padre estaba enrollado con un pendón poco mayor que yo, imagínate el corte. Más que un corte, un apagón. ¿Qué piensas?

—¿De tus padres? Durante el tiempo que has estado en París no descubrí ninguna señal.

—No hablo de eso. Del pez gordo. Razona. ¿Quién puede ser? —preguntó Magda.

—El juez.

En cuanto dejamos el fresco callejón del Doncel nos aplastó el sol que caía a plomo.

—Los detenidos fueron Narcea, Segorbe, Oliva y mi querido gemelo. Imagina que eres la madre de Germán, métete en el papel —me sugería Magda.

—Ya. ¿Dónde vamos tan deprisa?

—Al local donde se reúne la panda de rapados. Le pillé a mi hermanito la dirección.

—Magda, frena. El pez gordo tiene que ser Narcea padre o tu padre. Tu padre.

—Superior —concluyó sin dejar de caminar.

—Magda...

—Dispara.

—Nada. Estoy mal. Me da no sé qué volver a casa, me deprime.

—Dispara de una vez.

La tomé del brazo y detuve su marcha impetuosa. Una palmera del paseo nos protegía del sol.

—Magda, si descubrimos, figúrate, que alguien le puso la droga a Germán, y si ese alguien perjudica a tu hermano... Es tu hermano. Germán puede estar encerrado por culpa de Alfredo y su banda. ¡Leche! ¡Que estamos en bandos contrarios!

—Sigue.

—¡Sigue, sigue! ¡Tú quieres librarte de mí, qué morro! ¿Y quién me explicará las mates al otro curso?

Tu risa clara me alivió.

—Le he dado vueltas toda la noche. Tienes razón, estamos en bandos contrarios, si no hay sorpresas en la investigación. Pero quiero saber la verdad. Alfredo tenía que darse contra una esquina, chafarse las narices, plaf. Ésta es una buena ocasión. Dachael Abrim, el tipo lesionado, se recuperará. Según mi abuela, no ha pasado nada grave, un susto. El pozo tenía fondo. Mi abuela se empeña en que su nieto no golpeó a Dachael. Con los brazos de hortelano que luce le hubiera roto la crisma. En ese caso, el pozo no tendría fondo, ¡crag! Y vale, guapa. Camina.

—¿Sabes qué te digo? —reiniciamos la marcha ligera. Era cerca de la una—. Ahora no me puedes fallar tú. Te odiaré a muerte.

—Olvida tu papilla mental.

—¿Para qué vamos a ese local? ¿Llevas la llave?

—Si quisieras meter droga en la ropa del puesto a tu Richard Gere, ¿a quién recurrirías? —continuó Magda.

—No sé. A alguien que no conociera Germán.

—Positivo. ¿Hombre o mujer?

—Mujer. Pasaría desapercibida en el mercadillo.

—Pues eso. Quizá tengan en el local una lista. A lo mejor conocemos a alguna rapada —concluyó mi amiga.

Magda consultó su agenda. Torcimos por una calleja y rodeamos la catedral. En el exterior del local no había esvásticas ni signos fascistas. Daban a la calle tres ventanas enrejadas. La entrada debía de estar en un patio interior. Magda pulsó al azar un timbre del edificio.

—¿Quién? —respondieron por el contestador.

—Cartero —dijo tan fresca.

A partir de ahí comenzó la actuación de Magda. Alucinante. El portal daba acceso a tres escaleras, cada una de cinco pisos según los buzones. Una puerta lateral nos condujo al patio interior donde estaba la entrada del local. *Niebla* ladró inoportunamente.

—¡Calla, *Niebla*! Esta puerta no se abre si no es con dinamita —opinó Magda.

—¿No dijiste que tenías la llave?

—Todavía no, Quel. El bloque tiene que tener conserje.

Miré los buzones y lo encontré. Portería: Francisco Blanes.

Magda arrancó una hoja de la agenda.

—Lo llamará Paco, seguro —Magda me perdía. Pregunté:

—¿Quién?

—Narcea padre. El portero tendrá la llave, nos la

dará. Yo soy Luisa, tú, Blanca, la sobrina de don Julio Narcea.

—¡Espera, espera! ¿Por qué sabes que se llama Julio? ¡Tía, serénate! ¡Te ha dado el puntazo y nos vamos a meter en un follón de cuidado!

—La guía de teléfonos y el 003. Se localiza a todo el mundo. ¿Me sigues, Blanca? En la reunión del otro día te dejaste los papeles, ¿no?

—Mortal. Me produces vértigo, tía. Si hacemos algo que sea rápido, va a ser la una.

—Si nos da la llave, bajamos tú o yo, según se vea. Cogemos todos los papeles que estén a la vista. Mi hermano asiste a reuniones con adoctrinamiento incluido. Seguro que tienen fichas de los que vienen por aquí.

Magda escribió en la hoja arrancada:

«Estimado Paco: Déjales un momento las llaves del local a estas muchachas. Un saludo cordial.»

Plegó la nota e introdujo en el interior un billete de mil. Increíble, funcionó.

—Don Julio dice que no le preste la llave a ningún extraño —receló el portero, un hombre calvo de voz rota.

—¡Hombre, claro! ¡Ahora resultará que nosotras somos extrañas! Pregúntele a Nico, ¿verdad, Blanca?, Nicolás, el hijo de don Julio, el primo de ésta —el portero asentía a las afirmaciones de Magda.

—No sé. Es raro en don Julio —se mosqueó el hombre.

—¡A ver si hemos venido hasta aquí, llámelo si quiere, para tocarnos las narices! Además, el tío de Blanca se molesta en escribirle una nota. ¡Sobre todo nos ha advertido que no nos quedemos la propina! ¡Será mal pensado tu tío!

Ni yo misma me hubiera negado. Parecía que tenía derecho. Qué representación tan genial.

—Es que íbamos a comer.

—Me figuro. No se moleste, baja ésta. Blanca, date prisa, que molestamos al señor. Yo te espero —ordenó mi amiga.

El portero me dio la llave. Tomé el ascensor. Al primer intento se abrió la puerta del local. Si aparecía Nicolás Narcea en aquel momento me daba un infarto. Vi banderas españolas y un retrato de Hitler. No conocía a los otros tipos que me miraban desde las fotografías colgadas en la pared. Fui directa hacia la mesa, abrí los archivadores y recolecté todos los papeles. Un cajón estaba cerrado con un candado insertado entre dos ojos. Lo forcé con un abrecartas y mangué todo lo que había. Levantaba la cabeza a cada momento. Eché la última ojeada. No podía permanecer ni un segundo más allí, el corazón me podía estallar. En el espejo del ascensor me vi las profundas ojeras.

—¿Ya está? ¿Has cogido todo, Blanca? ¡A ver si vamos a tener que volver!

Qué tía, una actriz acongojante.

—Tome, don Paco, la llave —dije yo muy fina.

El portero sonrió:

—Don Julio, él es tan así, me llama Francisquillo.

—Ya. Le dé recuerdos —añadí de postre, porque estaba eufórica a causa de mi atrevimiento, aunque persistía el temblor de piernas.

Bajamos en el ascensor y en el momento de abrir la puerta vi a Narcea en el portal. Tierra, trágame. Apreté el quinto de nuevo.

—¡Narcea! —anuncié.

—¿Te ha visto?

—No. Miraba los buzones. ¡Sube, sube! —animé al ascensor.

—Para. Baja —ordenó Magda.

—¿Por qué?

—En cuanto vea que han registrado el local subirá a casa del portero.

El ascensor se detuvo en el rellano del portal. *Niebla* lanzó un ladrido. A través del cristal traslúcido de la puerta vi a alguien que esperaba y apreté el quinto. Magda pulsó el *stop* en el tercero.

—¡Salgamos de aquí! —susurró.

—¡Que nos va a descubrir!

—¡Cogerá el ascensor y entonces aprovecharemos para salir!

Esperamos en el rellano del tercero. A Magda le entró una risa nerviosa.

—¡Calla o te estrangulo! —la amenacé.

Doblé los papeles robados y los escondí. Subió el ascensor. Nosotras comenzamos a bajar las escaleras. Alguien pulsó con insistencia el botón de llamada desde abajo. Nos detuvimos y *Niebla* volvió a ladrar. Bajó el ascensor. Estábamos ya en el rellano del primero. En cuanto el ascensor comenzó a subir corrimos escaleras abajo y no paramos hasta el piso de la abuela. Magda, que llevaba llave, dejó a la perra. La recogería por la tarde.

En el autobús miramos los papeles. Eran folletos de propaganda, retazos de discursos y doctrina fascista. Lo único interesante resultó una lista de nombres y una fotocopia de fotografías de carné alineadas, semejante a la que usan los tutores del instituto. La lista parecía una enumeración de gente que pagó una cuota.

—Tres chicas solamente y dieciocho guerreros blancos. Tenemos una pista —comentó Magda sin entusiasmo.

—¿Crees que nos servirá?

—Tienen apellidos corrientes. Habrá docenas en el listín.

—Fíjate, Magda, coincide el orden de las fotos con los apellidos. El tercero de las fotos y el tercero de la lista es tu hermano. Tenemos nombre y fotografía. Y tengo también un problemón en casa. Ojalá no venga mi padre a comer.

—Tarde o temprano tendrás que afrontarlo. Habla, discúlpate y punto.

Mi casa representaba un refugio hasta hacía unos días. Si mi padre comprobaba que Germán vendía drogas, se acabó.

—Y habla, guapa. ¡Tienes un rollo rosa envidiable! La verdad es que Germán Almenar está para irte a coger cerezas con él, como dice la abueli.

—Y para perderte en la selva con él. No sé a quién se lo oí.

—¿Eso dije, Quel? Exageré. Demasiado crío para mí.

—Encima es chulo, cariñoso y romántico. Sueña con hacerse rico.

—Un niñato —opinaba ella.

—¡Y un huevo!

—De fresa y nata.

—¡Y una leche!

Me eché a reír. Magda conseguía animarme. De pronto dijo:

—A mí nunca me han besado, y me apetece un montón. Allí, en París, el que nos daba fonética, veintipocos, estudiante de filología, me abrazó furtivamente. Lo permití durante unos segundos.

—¡Cuenta! Te lo callas y yo largando todo.

—En un lugar de lo más romántico.

—¿En un puente del Sena?

—¡En las cloacas! *Les égouts!* Qué suerte la mía. Además le faltaba impulso, virilidad, años... Ya estamos en Calaluna. Acuérdate: mete las narices en la agenda de tu padre, en la cinta del contestador, en todo. Tenemos que saber qué traman nuestros padres.

Dediqué la tarde a ordenar el garaje, hacía méritos para congraciarme. Mi madre seguía en plan de jueza. Esperaba que diera yo el primer paso y me comiera el orgullo. No aguanto estas situaciones tensas, noto un cangrejo en el estómago, me comen por dentro. Cuando se despertó mi hermano me hice cargo de él. ¡Qué manía ha cogido el enano con pasear por la playa! El sol fundía el azul del cielo y lo convertía en metal ardiente. Magda y alguna nórdica aguantaban la borrachera de sol tumbadas en la arena a las cinco de la tarde. Magda era capaz de pasar de una actividad frenética a una calma total. Se especializó en tumbonas y hamacas. Podía pasarse horas como un lagarto, inmóvil al sol. Encima no se dormía, rumiaba. Aunque tenía un sombrero sobre la cara, Pablo la reconoció. Descubrí las intenciones de mi pequeño borde y lo dejé hacer. Llenó de agua el cubo y lo vació sobre Magda. Incluso Pablo se alarmó ante la quietud de su víctima. El segundo pozal de agua tampoco dio resultado y el tercero lo recibió el sombrero. Pablo consiguió una proeza: Magda se tumbó boca abajo. Mi hermano, harto de no provocar un cabreo en condiciones, caminó sobre el sinuoso cuerpo de Magda, le hizo cosquillas y, por fin, se acostó sobre su espalda. El último cubo lo arrojé yo sobre ambos. Cogí a Pablo y lo metí en casa. Después de bañado y repeinado estaba como un sol.

—Te vas con mamá a la ciudad y le vas a decir una cosa —le ordené.

—¿Qué cosa?

—Se lo dirás cuando no esté yo, ¿vale?

—¿Qué cosa?

—Le dirás que Raquel quiere a papá y mamá.

—Papá no está.

—Ya, es igual. ¿Se lo dirás a mamá?

—¡No quero!

Era la mejor señal, se lo diría en la primera ocasión. A las seis y media cogieron el autobús. Aproveché para subir con mi saxo a las higueras. No podía olvidar las palabras de mi padre. Mi vida había sido muy cómoda: ropa, profesores de saxo... Me lo echaba en cara, pero me lo echaba en cara por no salir en defensa de los Almusaf. Yo, por ayudar a Magda, era capaz de hacer locuras. Mi padre dio a entender que gracias a ellos tenemos el chalé y vamos bien de dinero. Le llamé hipócrita con toda la razón, aunque me lo tenga que tragar. No le interesa tanto la amistad sino el beneficio de esa relación. ¿Todo es así? Magda tendrá una opinión sobre el tema. Quizá lo mío ha sido realmente muy cómodo. No podría vivir en casa de Germán, un cuchitril umbrío. Noté un congoja amarga que ascendía desde el vientre.

Ajusté la boquilla y toqué. Surgió un sonido equilibrado y tristísimo cuando los dedos jugaron ágilmente con las llaves. Me dejé acariciar por la música, destilaba tristeza. ¿Qué haría Germán? ¿Qué pensaría de mí? Recordé su voz. La última vez que hablé con él fue por teléfono. Su vida es más dura, aunque de no ser por este asunto no se queja, ni siquiera odia su vivienda. Incluso está rebosante de ilusiones. ¡Todas sus ganas de luchar son para comprarse un Calibra o un Rolls! De lo que no me cabe duda es de que coge coches más o menos prestados. *Sin ti, yo no puedo olvidarme de tu cara al marcharte.* Aquella canción me envolvía como un abrazo. Recordé la piel de rosa del primer beso. *Vivir no es vida si no estás tú.* Su ausencia me dolía como un desgarro. Seguí tocando mientras el vientre del mar se teñía de azules amargos. Por fin el saxo resucitó y me fue contagiando su vigor. ¡Quiero a Germán! ¡Amo a Germán! Toqué hasta que vi un grupito de curiosos que me observaban desde abajo.

Ayudé a preparar la cena, una cena de funeral, con mi padre incluido. Los tres estuvimos más serios que un plato de habas, como dice Águeda.

Antes de que lo atacara el sueño sonsaqué a Pablo:

—¿Se lo has dicho?

—Sí. Me agarras la bota.

—¿Y qué?

—Que la llevo rota.

—¿Qué ha dicho mamá?

—Que tú no tenes lengua y sí que tenes. ¡Mamá!

—¡Cállate!

—¡Mamá, ven!

—¡Cállate, imbécil!

Me largué. No se callaría aunque lo ahorcaran del palo mayor.

A las once pasó Magda a mi jardín. Había ido a la ciudad y trajo a *Niebla*. Dijo que sobornó a un taxista. Ya creo cualquier cosa que me cuente. Me confesó:

—Mañana hay una cena importante. Mira la agenda de tu padre, quizá asista. Se reúnen con el abogado.

—¿Y qué podemos hacer?

—Comprueba lo que te he dicho. He conseguido también la dirección de un tipo, lo visitaremos. Quedamos a las diez en la parada. *À bientôt*.

—¡Oye, espera! ¡Cuéntame!

7

A la mañana siguiente le confirmé la cena a Magda. Registré el despacho de mi padre, me la jugué, y encontré anotado en la agenda: «Viernes. 10.30. Restaurante La Albufera».

—Positivo. Todo concuerda.

En el autobús Magda me explicó que había conseguido la dirección de Artemio Mague, el negro apaleado, por medio de una cadena de casualidades y pesquisas llevadas a cabo en la Plaza de la Posada. ¡Qué bolas habría inventado! Quería preguntarle al negro quién golpeó a Dachael Abrim.

—Como muy suave nos mandará a la puñetera leche —consideré.

—Probable. Pero tenemos que averiguar dos cosas hasta que los jueces sobresean los dos sumarios: quién le metió la ensaimada a tu fascinante Germán y quién le metió el garrotazo a Dachael Abrim.

—Explícate, me vas a volver loca con esa sopa de letras.

—Ya estás loca, Quel. Sólo una loca puede tocar como tú. Superior.

—¿Me espiaste? ¡Me espiaste!

—No. Diste el tostón bastante rato. O me enamoro este verano o reviento. Nunca habías tocado así, tiene que ser *l'amour*. Hace unos efectos increíbles.

—Gracias. A ver, el jarabe tan raro que has dicho, ¿que los jueces *sobreasen* el qué? —pregunté.

—Sobreseer. Informador: Raúl Seguí, el hermano de Lara, tercero de derecho. Resulta que cuando la poli pilla a un tío lo tiene que llevar ante el juez. A ese juez lo llaman juez instructor, y lo que hace el señor este es acumular pruebas. Al paquete de pruebas y averiguaciones lo llaman sumario. Si hay muchas pruebas mete al detenido en el talego hasta que lo juzgan. Si no hay pruebas sobresee el caso, es decir, da carpetazo al asunto y se acabó.

—Menudo follón. O sea, a ver si me da el aire, a tu hermano lo pusieron en la calle porque no hay pruebas y a Germán lo han encerrado porque tienen pruebas.

—Algo así. Raúl, que se explica fatal, opina que siguen investigando los dos casos. Si la poli encuentra pruebas viene el rollo negro, ¡plaf! En el caso de mi hermano las puede encontrar porque es evidente que fueron ellos. Por eso, por si se ponen las cosas cruditas del todo y no sobreseen los dos casos, nosotras tenemos que tener nuestras pruebas. Saber quién le sacudió a Dachael, llamado en su ambiente Dacha, porque es la acusación grave contra mi hermano. Y quién le metió las drogas a Germán.

—Ya. Digo, no. ¿Y la paliza al negro no es grave?

—Eso sólo es una falta o algo así. Cuando uno se recupera en tres días el que le atizó sólo comete una falta —explicó Magda.

—¡Vaya pasada!

—Lo del otro, Dachael Abrim, es peor porque quedó conmocionado. El que le metió el leñazo puede acabar en la cárcel.

—¿Y qué pruebas tienen contra Germán?

—La droga que confiscaron. Raúl, que por cierto se puso bastante vacilón, no está mal el tío, aunque se está quedando calvo. Como Narcea o así, que también tiene entradas en los pulsos...

—Magda, al grano.

—Oye, guapa, que una no es de piedra. Estás de mal gas, lo veo. Raúl me estuvo mirando todo el rato los pechos con descaro. Me pone enferma que te miren así. ¡Ya voy al grano! Raúl dice que a Germán le metieron no una ensaimada sino una pastelería. Los jueces, cuando es la primera vez y no llevan mucha droga encima, los suelen poner de patitas en la calle. A Germán le metieron un cargamento. ¿Aclarada?

—Casi. Qué bordes. Total, que el asunto está chungo.

Bajamos del autobús y cogimos otro. No había visto aquella parte de la ciudad. En la última parada Magda consultó el plano y anunció que nos quedaban dos kilómetros de caminata. Dejamos atrás los enlaces de carreteras y rodeamos un polígono industrial. En el aire se confundían los aromas de huerta con el tufo de basuras quemadas. Desde el cementerio de coches divisamos el poblado de chabolas arracimado en torno a dos naves abandonadas. Únicamente había visto chabolas en fotografía. El nudo en la garganta me anunció un peligro difuso. Magda sacó tres billetes de cinco mil y los ocultó en el zapato.

—Tía, no sigas, me rajo —le avisé.

—*Pas du tout!* Tú vienes conmigo y punto.

—Magda, ¿tú no te arrugas por nada? ¿Por qué llevas tanto dinero?

—Me sobró de París. Dinero negro, mis padres no lo saben. Y no pongas esa cara. Sonríe.

—Imposible, me aprieta la garganta. No te lo creerás pero se me hace más estrecha.

Pasamos junto a un grupo de chavales que jugaban al fútbol. Ni se inmutaron. Me sorprendieron las antenas de televisión de las chabolas. Una mujer tendía la colada en un alambre. Nos miró un segundo y siguió con su faena.

—¡Vaya culo divino! —soltó un viejo desde un portal. Se refería al de Magda. Me cogí del brazo de mi amiga.

—Suelta, Quel —me susurró.

—Tengo miedo, imbécil.

—¡Trágatelo! —ordenó con una mala leche que no admitía titubeos.

Magda abordó a una señora mayor:

—Señora, ¿sabe dónde vive Artemio Mague? Somos ayudantes de las asistentas sociales del ayuntamiento. Buscamos a la hermana de Artemio para darle una subvención de libros.

—¿Gitano?

—Negro. Muy alto, con una hermana.

—Un negro iba buscando sitio al fondo. ¡Y a ver si meneáis el culo porque las viviendas sociales no llegan! ¡La Lillo, otra igual, me vino con el cuento y aún la espero después de firmar tantos papeles! ¡Papelería no os falta!

—Ya. Pero no depende de nosotras. ¿Qué se ha creído, que tenemos una varita mágica? —respondió Magda levantando los hombros despectivamente. ¡Encima con chulería!

—No te pases, Magda. ¡Tú sí que te vas a chafar las narices en una esquina! —le pronostiqué por lo bajo.

—Me estaba gritando. No lo soporto.

Anduvimos por el camino central y nos detuvo un tipo de mal aspecto:

—¿Buscáis un chute?

—¡Déjate de chutes! Somos empleadas del ayuntamiento y buscamos... —Magda actuaba con convicción. En aquel teatro yo no me atrevía a interpretar ningún papel.

—Chufadillas, mucha tía lista cuidando yonquis. ¿Un chute? Cuatro mil la papelina, ¿hace?

—¡A la mierda con las papelinas! —contesté yo, alucina. Me crecí—: ¿Sabes dónde se mete Artemio Mague? Un negro que tiene una hermana joven. Cuestión de subvenciones.

—No te me pongas cabrona, pibita. Cada día tenéis mejor polvo las sociales. Al fondo, penúltima cuadra, una de ladrillos rojos. Tengo un jergón de lo más elástico si por un casual...

Seguimos adelante.

—¿Qué decías de narices y esquinas? —me picó Magda.

—Han sido los nervios, no era yo.

Caminamos deprisa hacia el final del camino.

—Y ahora, Quel, tranquila. Tienes unos prontos que me rompen los esquemas —me amonestó Magda.

—¡Y a mí! En mi vida me las he visto tan gordas.

El paisaje no cambiaba. Unas chabolas tenían el techo de teja y otras de uralita. ¿Cómo podían vivir así?

—¿Perico, roches, hachís?

Ya no nos inmutamos ante la invitación de una chavala de nuestra edad. Por la última palabra comprendí que se refería a varias drogas. Un anciano ensartaba cuentas en un sedal a la puerta de una chabola paredaña a la nave. Fabricaba rosarios.

—Somos de los servicios sociales. ¿Artemio Mague vive por aquí?

El viejo, con un centenar de rosarios colgados al cuello, permaneció impasible. Alzó entre los dedos índice y pulgar una cuenta hacia el cielo para ver el orificio e intentó ensartarla. Magda cogió la cuenta y pasó el sedal por el agujero. El viejo le sonrió.

—Tiene la señorita buena vista.

—¿Sabe dónde vive Artemio Mague?

—La señorita me habla y me habla sin saber que soy algo sordo desde hace diez años.

Magda no lo dudó. Se agachó y gritó:

—¡Un negro!

—¡No tan sordo! En la segunda a la derecha.

Magda le compró un rosario fabricado con pepitas de naranja por doscientas pesetas. Pensé fugazmente que Germán estaba a un paso de aquel submundo aunque soñaba con un Rolls. Me entristecí de repente. Conforme descubría mi entorno aumentaba la confusión. Hasta entonces mi vida había sido cómoda, era cierto. Magda golpeaba el panel que servía de puerta. Abrió una muchacha de nuestra altura y rasgos infantiles.

—¿Qué quieren? —dijo en correcto castellano. En su cara se reflejó el temor. Nos observó con cautela.

—¿Eres la hermana de Artemio Mague?

La muchacha recelaba. Llevaba un pantalón vaquero y una blusa azul sin mangas. No sé por qué pensaba que vestiría con harapos.

—Mira —intervino Magda—, sabemos que tu hermano sufrió una agresión. Pertenecemos a un colectivo que intenta ayudar a los inmigrantes.

—No necesitamos nada, gracias, estamos bien. Mi hermano no está se escurrió tras la puerta que no cerró del todo. Alguien nos miraba desde dentro.

Salió un joven de tez oscura que yo conocía de vista. Miró hacia ambos lados de la calle antes de hablar.

—Tú vas con Boxi, ¿no? —preguntó con acento francés—. Pasad rápido.

Dentro reinaba la penumbra rota por el haz de luz que penetraba por un agujero y caía sobre la mesa. Hacía un calor sofocante. El negro se mantenía junto a la pared del fondo. Estábamos los cinco de pie reconociéndonos.

—¿Qué queréis? —dijo el moro. Lo había visto en la Plaza de la Posada.

—¿Qué sabes de Boxi? —me aferré a aquel punto en común.

—Lo soltarán pronto, no trafica —dijo con dificultad. Sobre la mesa había figuras de madera a medio tallar—. ¿Eso queríais saber?

Transcurrieron unos segundos tensos. El negro nos miraba desde el fondo. De golpe Magda atajó:

—Disculpad esta intromisión. Vosotros pensáis que podemos ser rapadas o que vamos a delataros por lo que sea. Negativo, no es nuestra intención. Yo necesito una información y te la vengo a pedir a ti —se dirigió a Artemio—. Soy hermana de Almusaf, uno de los que te agredieron. Esto es muy violento para mí, supongo que para ti todavía más, pero es así. Me podrías devolver la paliza ahora mismo, claro, ya ves que soy sincera. Mi hermano no está detenido pero la policía investiga quién golpeó a Dachael Abrim. Supongo que odiarás a esos tipos, yo haría lo mismo. Vengo a preguntarte, si quieres decírmelo, quién golpeó a Dachael.

Se cruzaron miradas entre ellos. Aquello parecía un horno. La uralita del techo calentaba como una estufa. Yo tragaba saliva con dificultad.

—Sentaos —dijo Artemio y el tono que empleó disipó la tensión.

Acercaron cuatro sillas a la mesa y amontonaron las virutas en un rincón. Tallaban elefantes. Artemio se sentó en un taburete. Eché una ojeada en torno. Al fondo colgaba un toldo que separaba los dormitorios, si se los podía llamar así.

—Yo no sé quién me golpeó. Llevaban las caras tapadas y fue muy rápido. Eso declaré a la policía. No acusé a nadie, no quiero jaleos.

—Ya, pero sí que conoces a Narcea —me atreví a replicarle—, te vi en el instituto el día que lo amenazaste. Y además diste el nombre de Germán a la policía, menudo follón.

Artemio sonrió. Creo que era propenso a la sonrisa. Llevaba un esparadrapo en la oreja y la ceja partida.

—Di el nombre de todos los comerciantes de la plaza, me obligaron —volvió a sonreírme—. Conocí al grupo que me pegó, lo tengo muy visto, pero lo seguiré negando. No quiero volver a la policía. Estoy ilegal, ahora no tengo contrato de trabajo. Tampoco te sirvo como testigo —se dirigió a Magda—, no iré a declarar.

—Comprendo. Mi hermano es el alto, un poco más que Narcea, lleva un pequeño flequillo, no va rapado del todo —explicó Magda.

—Ah, ya. Un...

—¿Cabrón? Lo dejamos así, ¿te parece?

Artemio y Magda se sonrieron. Magda dedujo:

—Luego si mi hermano te golpeó a ti no pudo golpear a Dachael.

—El Pelado dirigía, no se acercó a mí. Iba el último cuando entraron en la plaza. Después me cubrí la cabeza, no vi más.

—¿El Pelado? ¡Narcea!, tiene entradas, pierde pelo. Entonces pudo ser Narcea quien dejara conmocionado a Dachael —sugirió mi amiga.

—No sé.

—Dachael, en cuanto esté en condiciones, podrá

acusar a Narcea —Magda se lanzaba sacando conclusiones.

Artemio y el moro se miraron.

—Entiende, nosotros no sabemos más. Ya está —concluyó el moro.

—Vosotros estáis asustados y lo comprendo. No os volveré a molestar. Espero que Dachael identifique a su agresor.

—Mira... —Artemio dudó—. Dacha se largó del hospital. Está huido y es mejor que no te acerques a él. Nadie acusará a tu hermano ni a los demás, asunto zanjado. Nosotros también nos iremos en cuanto consigamos dinero.

—¿Dachael ha huido del hospital?

—Eso han dicho. Tiene otros asuntos pendientes. No intentes verlo, es peligroso.

—Ya, vende droga en los alrededores de la Plaza de la Posada. Germán me lo dijo —aclaré yo.

Los otros callaron. La muchacha nos miraba mientras le daba vueltas a un elefante de madera.

—Gracias por todo. Y lo siento —le dijo Magda a Artemio.

—Por favor, no nos habéis visto, no sabéis dónde estamos. —Artemio tenía una mano de dedos larguísimos. Se la estreché.

—Lo prometo —afirmó Magda.

La chica dejó el elefante para darnos la mano.

—Muy bonito —comenté.

—Sí. Necesitamos vender diez —me estaba invitando a comprarlo.

—¿Para el viaje? —adivinó Magda. Y en otro de sus puntazos intrépidos aseguró—: Yo puedo compraros los billetes. ¿Para dónde?

El moro negó con la cabeza, pero Artemio dijo:

—Tres billetes de tren con destino Barcelona. Mejor con salida de madrugada. Es la temporada de recoger fruta en Lérida, nos han dicho que quizá nos contraten.

—Los dejaré en el Calentrar.

Acortamos la despedida y los agradecimientos. Artemio, a la luz del día, prodigó su sonrisa. Salimos del poblado sin hacer caso a los ofrecimientos. Al viejo sentado en un portal le volvió a impresionar el trasero de mi amiga. Le propuse a Magda pagarle parte de los billetes el lunes. A pesar de los nubarrones tendría la propina de cumpleaños. Al fin cogimos el autobús y me sentí a salvo. Magda opinaba que por fin habíamos avanzado algo. Alfredo no había golpeado a Dachael. Yo no podía compartir su optimismo. Demasiadas cosas bullían en mi interior: Germán, el ambiente de mi casa y aquel poblado. Era la prueba de que no todos vivíamos igual. El mundo, a la vista estaba, era profundamente injusto. No podía asimilar tantos interrogantes. Necesitaba meditar, preguntarle a mi madre, aclararme... Magda debió intuirlo:

—¿Te ha afectado el ambiente playero?

—¿Tú sabías que era realmente así?

—A mí también me ha impresionado. *Merde!* ¡Venga, guapa, anima esa cara! Esta tarde tenemos cena en el restaurante.

—No, Magda, en serio. Yo dejo todo esto.

—Ah, claro. Toda la tarde tocando el saxo, muy positiva tú. A esa cena va Narcea padre, no me la pierdo por nada. Aunque lo que descubra me indigne, porque imagínate si mi padre ha colaborado en... ¡Vete a saber!

—Magda, tía —le cogí la mano—, estoy depre. Ya ni siquiera sé si quiero a Germán. Quizá traficaba con drogas y me lo ocultó. Puede tener razón mi padre. Y, además, tengo una intranquilidad, aquí, en el estómago. ¡Si al menos pudiera hablar con él, verlo, decirle, besarlo...!

Magda se calló. Cuando bajamos del segundo autobús nos sentamos un instante bajo el almez. Aquel día el sol abrasaba. Deseaba darme una ducha fría y no pensar. De repente Magda se acuclilló delante de mí, apoyó los brazos cruzados en mis rodillas y soltó:

—Escucha, guapa. Las cosas en buena parte son como queremos que sean. Te repito el razonamiento que hace mi abueli. Cuando llueve no hay que maldecir el cielo sino buscar un paraguas. Te conté que mi padre se enrolló con una tía joven. En casa salíamos a follón diario. Comprobé que era verdad, no te imaginas lo que hice...

—Me lo imagino.

—... y se lo solté a mi padre. Hasta ahora la cosa funciona. Temí que aquello acabara en una separación. ¿Qué habría pasado si me hubiera encerrado en casa jugando al ajedrez?

—Tú eres diferente.

—¿Es piropo o insulto?

—Tú eres distinta, Magda, no te arrugas.

—Lo aparento, Quel, me lo trago, que eres imbécil integral. Y punto.

—¿Cómo vamos a ir a una cena, qué excusa ponemos, qué diremos cuando nos vean nuestros padres? Imposible.

—Mañana vamos con mi abuela de excursión. Acompañamos a los ancianitos de la residencia. ¡Si me oye mi abueli llamarla «ancianita» me dispara! Dices que el autobús sale a las seis de la mañana y tenemos que dormir en la ciudad. Una trola infinita, claro. Vamos a esa cena disfrazadas.

—¡Estás peor que una cabra!

—A las ocho en la parada de la Plaza de don Jaime. Yo iré antes, tengo que comprar los billetes.

—No sé si en mi casa tragarán —dudé.

—¿Quieres que llame mi abueli a tus padres?

—Sería demasiado, ¿no? ¡Magda!

Se largaba a su chalé sin atenderme. Fugazmente vi el mar. Brillaba el azul denso, apretado. El mar era mutante, como mi saxo, capaz de todas las emociones. La oí que murmuraba, como si se lo dijera a la brisa:

—Ya, que ahora no te falle, que me quieres bastante y demás. Rollos, Quel. Rollos. A las ocho.

La observé cómo caminaba con decisión. No me fallaría. De repente me entraron unas ganas locas de tocar el saxo. A veces mi saxo cobraba vida, y eso que no es un Buffet precisamente, y me hacía cambiar de humor.

Después de comer, mientras dormía la siesta el enano, mantuve una conversación con mi madre. Ella deseaba sonsacarme. Vive en la inopia. Creía que sigo saliendo con Germán. Me confesó que mi padre no dormía por las noches, estaba preocupadísimo. Le expliqué que Germán sigue encerrado por un delito que no cometió, me la jugué. En el momento de afirmarlo recordé sus ojos claros. No podía ser tan fingido. Él sólo quería vender camisetas, ganar dinero legalmente. Si me estaba engañando, si era verdad que vendía droga, se acababa todo.

Mi madre me dio permiso sin rechistar para que fuera a la excursión con la abuela de Magda. La trola era de alta categoría. Me acosté un rato y mi madre se coló en la habitación. Adivinaba su pregunta: ¿Quieres mucho a ese chico? Pero no se atrevió a formularla. Toqué el saxo un rato, interpreté *Yesterday*. Sin embargo no toqué *Europa*, la preferida de mi padre. Él la toca con la guitarra maravillosamente.

Cogí todos mis ahorros, dos mil novecientas, y me arreglé para ir a cenar. ¡La que se podía armar cuando me viera mi padre! ¡Un cirio mortal! A las siete y media esperaba el autobús.

Bajé en la Plaza de don Jaime. No estaba Magda. Dijo que compraría los billetes del viaje. Una mujer rubia, parecía una modelo, me miraba con descaro. La rubia se partía de risa.

—¡Quel! ¡Superior! ¡Ni siquiera tú me reconoces!

—¿Magda? —aventuré, aunque la voz era inconfundible—. ¡Magda, eres la leche!

Llevaba un vestido negro, minifaldero, ajustadísimo. La media melena, rubia clara, le rozaba los hombros. Se había pintado los ojos con una sombra verde y una línea oscura prolongaba los párpados. Los labios de rosa salmón le daban color a la boca. No me cansaba de mirarla. ¡Un bombonazo!

—¡Magda, buenísima! ¡Una flipada! Espera que me reponga. ¿Tú crees que quedaré parecida? ¡No te reconoce ni tu madre!

Se desternillaba.

—¡Quedarás superior! ¿Te acuerdas del vestido rojo de mi madre, uno tobillero con abertura frontal? ¡Y una peluca morena, de pelo corto! ¡Hoy nos ligamos a Banderas y a Coronado! ¡La noche es nuestra!

Cuando me miré en la luna del dormitorio de la abuela de Magda, no me reconocía. El vestido rojo de tirantes, abrochado a la espalda, dejaba mis hombros desnudos.

—¿No canta demasiado la abertura de la falda?

—Si te ve Germán se queda en el sitio. Habla, muévete, camina.

Empecé:

—*Chiquitín, chiquitán, chititín, tan, tan, que tum ban, ban, que tum ban.*

—Para enloquecer al más pintado.

De repente me encontré bellísima, con la tela de lino apretada al vientre. Recordé la mano de Germán, que por dos veces se atrevió a posarse en mi estómago... ¡Alucinante! Me sentía mujer adulta, femenina y seductora. Parecía de veinte años o más.

Nos pintamos en el amplio baño de la abueli. Sombra en los párpados, rímel y algo de carmín en la boca. ¡Magda se cultivó una peca al lado del mentón!

—¡Pecadora!

—¡Vampira!

A las diez menos cuarto, con una estrategia de oír, ver y callar, salimos hacia el restaurante. La brisa de la noche caracoleaba en los tobillos y a cada piropo respondíamos con risas. Unas gafas de sol de Magda me protegían. El pelo, bien untado de gomina y recogido con horquillas bajo la peluca, me tiraba en exceso. Más nerviosas que un flan, hasta Magda perdía la compostura, entramos en el restaurante. Ella fue al baño y comprobó que todavía no había llegado nadie conocido. Cuando viera a mi padre frente a frente dudo que me pudiera aguantar.

—¿Qué desean las señoritas?

El camarero lucía un bigote caído. Estaba potable.

—Cenaremos después. Esperamos a alguien.

—¿Reservo mesa?

—No. Esperamos.

—¿Un aperitivo?

Nos sirvió dos vinos de jerez. Lo probé y no me supo mal. Si miraba a Magda me entraba la risa. El camarero vacilaba:

—¿Unas olivas, preciosas?

Las puso. Se quedó con Magda. Dijo algo sobre la noche sugerente y Magda, qué morro, lo miró con descaro, tan fresca. Me contemplé en el espejo de un pilar, parecía que tenía más pecho. Me gusté y, sin saber por qué, me sonreí a mí misma. En esto entró el padre de Magda con otro señor. Las dos nos volvimos de espaldas. El acompañante me empujó ligeramente y se disculpó.

—No ha sido nada —respondí. Tierra, trágame. Entraba mi padre. El acompañante miró la abertura de mi falda. ¡Sólo faltaba que el padre de Magda se diera cuenta de que era el vestido de su mujer! Me observé en el espejo. Parecía imposible pero no se notaba el palpitar de mi pecho. Esperaba oír de un momento a otro: «¡Raquel, qué haces aquí!». Transcurrían los segundos y la frase no estallaba en el aire. Ellos pasaron al comedor. Magda dijo:

—Cenaremos dos. No vienen a la cita.

—Es imperdonable —comentó el camarero de bigote.

Magda me dio un codazo pícaro cuando entramos al comedor. El camarero nos ofrecía una mesa pero Magda ya había elegido la contigua a la de nuestros padres. Resultaba que el padre de Narcea ya estaba allí. Era viejo, con bigote delgado, enormes gafas oscuras y canoso. Yo me puse de espaldas a la mesa de los padres. Estaba aproximadamente detrás del acompañante, separada por un metro y medio de distancia. Si miraba de reojo veía al que debía de ser el abogado. Magda se puso a mi lado, dándole el perfil a su padre. Mi amiga se golpeó la mejilla, me acusaba de echarle cara por ponerme de espaldas.

—Encantado —oí a mi padre.

—¿Qué pasa? —susurré.

—Te jorobas —mascculló Magda—. No ves nada. Mi padre ha presentado al abogado. El abogado, no es muy mayor, te mira las piernas con disimulo.

Tuve que taparme la boca para amortiguar la carcajada. ¡Me había bebido medio jerez y estaba mareada!

—¿Qué cenarán? —nos preguntó otro camarero.

Llevábamos entre las dos ocho mil tres cientas cincuenta. Los precios de la carta eran altísimos. Las dos calculamos mentalmente y coincidimos:

—Tortilla con espárragos trigueros de primero y huevos rellenos de segundo.

Magda estaba en su salsa, en plan descarado. También le había afectado el vino:

—Que sí. No tenemos colesterol.

—¿Para beber?

—¿Qué espera el juez para archivar? —interrogó el padre de Magda.

Prestamos las dos atención.

—¿Y para beber que tomarán? —insistía el pesado del camarero.

—... el fiscal —oímos el final de la frase del abogado.

—Agua —dije yo.

—¿Con gas o sin gas?

—... que la investigación no ha avanzado.

—Como le dé la gana —respondió Magda. El camarero se largó.

En la mesa contigua también pedían. Cada vez que oía a mi padre se me aceleraba el pulso y bajaba la vista. Mi tortilla no estaba muy hecha. Ellos tampoco hablaban. Sirvieron los huevos rellenos adornados con trocitos de pimiento.

—El abogado te sigue mirando las piernas de reojo.

—¡No me hagas reír, Magda! —musité.

—Luisa, *ma chérie*.

—¿Y yo? ¡Ya no me acuerdo!

—¡Blanca!

—... no haber testigos facilita el sobreseimiento —era el abogado. Aprendí a distinguir las voces.

—Y el testigo citado está quemado.

Interrogué con la barbilla a Magda.

—El padre de Narcea. Y calla —me aclaró.

—¿Por qué está quemado, señor Narcea? —preguntó el padre de Magda.

Risas.

—Uno tiene sus métodos —dijo enfáticamente Narcea.

—¿Están de su agrado los huevos? —el camarero era inoportuno total.

—Unos huevos perfectos —Magda sacó una voz de ópera rarísima.

—... naturalmente que soy capaz de introducir droga para quemar a un testigo. ¡Defiendo a mi hijo, y defiendo unos ideales! —parrafada de Narcea.

—Habría entendido que comprara al testigo, pero no lo que ha hecho. Esto nos distancia, nos pone en riberas contrarias —el padre de Magda cruzaba el río.

—Mi padre lo arregla con dinero, muy fino. Y está de mal gas. Conozco ese tono —me aclaró Magda entre dientes.

—... contrarias? ¡Usted debía saber dónde milita su hijo, es un convencido de nuestra causa!

—¡No me levante el tono, señor Narcea! A partir de este momento...

—¿Tomarán postre? —¡será plomo el camarero!

—¡Después! —la diva de la ópera lo ahuyentó.

—... y así me explico la insolencia de esa mujer, que en cierto modo tiene toda la razón. Mañana la espero en mi casa, ¿y qué puedo decirle? —se preguntaba el padre de Magda.

—Dígale lo que es obvio. Que su vástago es un vulgar camello, un traficante inicuo, una basura.

—Pero el traficante real, según sus afirmaciones, es usted, que ha incurrido en un acto delictivo —oí perfectamente al padre de Magda, que llevaba la voz cantante.

—¡Para defender a su hijo, recuerde, a su hijo...! —señalaba Narcea.

—Señores, moderen sus palabras y vayamos al lado pragmático —aconsejó el abogado. La cosa estaba que ardía.

—¡No quiero pragmatismos falsos, yo soy pragmático! ¡Ese grupo actúa, limpia la ciudad de escoria! ¡Y su hijo, no lo olvide, piensa igual que yo, igual que nosotros, tiene una mentalidad preclara, que es la que salvará a...! —Narcea se arrebataba.

—Deje de gritar —el padre de Magda podía ser autoritario. Se oyó el golpe de unos cubiertos sobre el plato.

—Olvidemos que usted quemó, según dice, a ese testigo. Nosotros —explicaba el abogado— no hemos cenado con usted y desconocemos ese extremo. A partir de este momento separamos la defensa de los casos. Yo defenderé al hijo de Almusaf y usted búsquese otro abogado para su hijo.

—¡Yo he hecho el trabajo sucio por todos ustedes, demócratas de mierda! ¡Pusilánimes! —la última palabra la gritó Narcea el viejo. Acudió el camarero.

—Nos miran, Blanca —advirtió Magda en un murmullo.

—¡Por favor, camarero! —mi voz enronquecida todavía sonó más falsa.

—Dígame.

—Yo trufas al güisqui.

—No tomaré postre —anunció la voz atiplada de Magda. Cuando se fue el camarero me recriminó—: Valen mil seiscientas tus trufitas, *ma chérie*. Tendrás que pedirle a tu padre.

—Si la actuación de esa mujer, que al parecer sabe muy bien dónde le aprieta el zapato, trasciende, lo inculparé directamente a usted. Imagínese qué puedo decirle mañana a esa señora. Usted involucró al testigo en un asunto de droga para quemarlo. Una estupidez.

—¡Toma ya! ¡Qué huevos come tu padre! —creí decir por lo bajo, pero el camarero acudía en cuanto oía volar una mosca.

—¿Decía la señorita?

—Nada. Perdón.

—... ¡estar ante caballeros, no ante mojigatos de mierda que no saben proteger las acciones resolutivas y dignísimas de sus hijos! ¡Llegará un día en que tendrán noticias mías!

Oí el ruido de la silla y a los pocos segundos el portazo. Narcea padre se largaba sin pagar.

—... este pirado de las narices. Que no está feo el asunto, no me explico cómo la prensa no ha caído sobre el tema, para que encima se mee fuera del tiesto —el padre de Magda hablaba de las costumbres urinarias de Narcea.

—¿Y la tía esa, la madre del crío? —preguntaba mi padre, que había estado bastante calladito. Pregunta, papá, pregunta.

—De esas de rompe y rasga. El primer día que se presentó en casa, qué viva la señora, no vino al ayuntamiento, a mi casa, pues creí, nada, que estaba loca. Pero, anda, fíjate, loca, loca... Ya sabía ella por dónde venían los tiros.

—Ya te comenté, esto parece una telenovela, que mi cría —lo de cría no te lo perdonaré jamás, papá. No veas lo mujer que estoy con este vestido— sale con ese chaval. Una chifladura tonta, de esas que duran lo que dura la luna, pero, qué curioso, cómo se enredan las cosas.

—Sí, póngalos unos güisquis. ¿No me digas? —al abogado le hacía mucha gracia. Otro imbécil integral—. No sabía ese detalle, Borja, qué gracia. ¿El hijo de la tía esa que le da el coñazo a Almusaf? ¡Hay que joderse! Si los de la prensa olfatean algo os trituran a los dos.

Magda expulsó el agua por la nariz. Le entró la risa cuando estaba bebiendo. Nos miraron. Crucé las piernas y observé al abogado de reojo. No perdía detalle de mis muslos.

—¿Cafés?

—Dos —dije yo. Me salió la voz natural. ¿Y si se levantaba mi padre y me miraba a la cara? ¡Él podría reñirme pero le iba a decir cuatro cosas sobre la luna y las crías!

Siguieron bromeando mientras se bebían los güisquis. El abogado sentenció:

—No creo que el juez lleve el asunto más allá de esta semana. Archivará y se acabó. Pero vigila a ese hijo que va metiendo caña a los negros. Te dará un disgusto.

—Pero si es un infeliz, joder. Se lo ha llevado este pirado al huerto como se lo podía llevar cualquiera. La verdad es que con lo del ayuntamiento casi no hablo con ellos. Anda, que se vayan a llevar al huerto a la gemela, menudos ovarios tiene mi niña.

—A esa hija tuya la tengo que conocer. ¿Ya ha vuelto de París? —se interesó el abogado.

—Ya. En cuanto se enteró de este follón. Me puso las peras al cuarto con el lío de la secretaria. A ésa la maleó mi madre cuando nos dimos la leche con el coche. Siete meses con ella, buena es mi madre. En fin, a ver si este retrógrado cierra el pico y se olvida el asunto. ¡La cuenta, por favor!

—Te pone bastante bien tu padre, gemela —dije con la mano en la boca.

—La gemela se vengará. Desde ahora te voy a sablear, papá —murmuraba Magda.

—Buenas noches, señoras —nos deseó el padre de Magda.

—Señoritas, adiós —dijo el abogado.

—Buenas noches —se despidió mi padre. Yo no me volví. Magda asentía con la cabeza sin levantar la vista.

En cuanto salieron por la puerta los tres pavos estallaron las carcajadas. Nos sobraron aún tres mil pesetas después de papearnos varios huevos. Escandalizamos a todo el restaurante repitiendo las frases de nuestros padres. En casa de la abuela lucimos los modelos por la pasarela del pasillo, nos intercambiamos las pelucas y atendimos cortésmente al vecino que pasó a protestar. Fue la noche loca de los vestidos escotados que nos hicieron invisibles en el mundo de los adultos.

8

Me desperté aliviada en casa de la abuela de Magda, como si una lluvia suave hubiera disuelto las preocupaciones y enjuagado el interior de mi cabeza. Germán no vendía drogas. Un estremecimiento de pereza y deseo me recorrió la espalda. ¿Cómo podía haber dudado de él? Mi cuerpo y mi mente estaban esponjosos y tibios. Sentía un anhelo de amor, una añoranza urgente por ver los ojos claros de Germán. ¿Cómo lo estaría pasando? ¿Se acordaría de mí? En un caso extremo yo misma delataría a Narcea el viejo.

Me debes un montón de explicaciones, papá. ¡A tu cría! ¡Qué tono, como si yo fuera una párvula! ¡Prepárate, te ahorcaré del palo mayor al amanecer! La única, además de Magda, claro, qué tía tan especial, la única que había confiado en mí era mi madre, alucina. Parece que incluso se le han curado sus malditas jaquecas.

Le di un empujón a Magda, que dormía a mi lado en la enorme cama de matrimonio de la abuela. Comenzó a estirarse lentamente.

—¿Dónde estamos? ¿Seguimos viajando en el autobús con los ancianos de la residencia? ¡Eh, tenemos que rematar la faena! —Se sentó, se pasó la mano por sus cortos cabellos, movió la cintura como si oyera bacalao y ordenó—: ¡Venga, mueve, levanta! ¡Ya!

Dejamos todo en orden y llamó a su piso. No había nadie, estaban en Calaluna. Vestidas normalmente fuimos a su piso. Nunca me había puesto un vestido de noche pero me encantan, alucinante. Te sientes como si tu cuerpo fuera otro, te miran, vacilan...

—¿Te fijaste, Magda? ¿A que parece que tengo más pecho con el vestido de tu madre? ¡Ese vestido se lo mangaré!

—Negativo. Da gracias que ha dormido en Calaluna. Mi madre para eso es exacta. Sabe todo lo que tiene, en qué lugar y en qué condiciones. Ahora le damos un estirón y lo dejamos colgadito donde estaba.

El plan en casa de Magda consistía en esconder el casete en el despacho de su padre para pillar la conversación que mantendría con la madre de Germán. Sabíamos que hoy se verían, pero desconocíamos la hora del encuentro. Comprobamos que el aparato se desconectaba automáticamente al acabar la cinta. El problema era el ruido que hacía. Envuelto en una bolsa de plástico lo enterramos en el tiesto de una aralia preciosa que tiene en el despacho. Al lado del tallo de la aralia asomaba la cabeza del micrófono. Todo este montaje se me había ocurrido a mí, tuve un final de la noche apoteósico.

La segunda parte de la mañana, con la visita que había programado Magda, me parecía chunga. Artemio ya nos había advertido. ¡Qué semana tan loca!

El casete de Magda es de los reversibles, cuando termina de grabar una cara de la cinta comienza la otra. Controlábamos casi tres horas de grabación. Pusimos el aparato en marcha, qué remedio, antes de salir.

Fuimos a la Plaza de la Posada. Magda se empeñaba en hablar con Dachael Abrim. Terminaríamos las dos con las narices partidas, llevábamos todos los números de aquella rifa. En el bar de Chimo, que estaba animado por la gente del mercadillo, nos enviaron al Nirvana, un garito situado en el callejón de San Ginés. Aquella calle me daba mala espina. Comenzaba a notar la debilidad en las piernas pero me había propuesto tragarme mis temores. El callejón, en contraste con la plaza, estaba desierto pese a lo avanzado de la mañana de aquel viernes. ¡Hacía una semana que había comenzado la movida y parecía que llevábamos investigando todo un verano!

El Nirvana estaba vacío. Una máquina tragaperras emitía en vano su música. Del fondo de la barra emergió un tipo gigantesco de aspecto somnoliento. Se recogía la melena en una cola de caballo y lucía tatuajes en los antebrazos.

—¿Pasa?

—¿Está Dachael Abrim?

El gigante, con un cuello de toro, nos miró detenidamente. En todos los sitios raros se procedía a la inspección del personal. Los pechos de Magda merecían un segundo especial.

—¿Que si está? —es mortal Magda. ¡Le saltó la pregunta como quien da una bofetada!

—¿Estás con el mono? —contestó el camarero con una media sonrisa negra—. En el veintiséis, entresuelo izquierda. Tres golpes, parada y golpe.

Salimos de allí y escrutamos las fachadas.

—¡Y no contestes de esa manera, te pasas un pelín! No veas si ese tipo se llega a cabrear —le advertí.

—Hay miradas que dejan babas. Me repugnan.

Empujamos un portalón de madera carcomida y gozenes cantarines. En el zaguán se mezclaba la esencia de pieles de naranja con tufo de orines. Las escaleras tenían un aspecto tenebroso.

—Magda...

—Que sí. De un cutre negativo. Camina.

Me maravillaba su entereza. En un descansillo había una canasta con pieles de naranja. Me confortó aquella esencia conocida. Golpeamos la puerta como nos habían indicado. Tres golpes, silencio y golpe final. La mirilla de metal dibujaba la cabeza de un pájaro. Se oyó el cerrojillo interno y un ojo nos observó desde la garganta del pájaro. A Magda no le faltaba humor:

—Sonríe al pajarito. Nos están haciendo la foto.

Abrió la puerta un joven enclenque y con pintas traperas.

—¿Qué? —la gente no malgastaba conversación.

—Queremos hablar con Dachael Abrim.

—Ni idea. ¿Algo en especial?

—En el Nirvana nos dijeron que podríamos encontrarlo aquí.

Se encogió de hombros y miró al suelo. Con la mano ya en la puerta preguntó:

—¿Costo?

—Sólo le compramos a él —aclaró Magda con el turbo puesto—. Y sabemos que está.

—Ni puta idea, ya te digo. Lo hospitalizaron o no sé qué. ¿Por?

—Asuntos nuestros.

El joven esquelético, daba la impresión que si hacía un movimiento brusco se le quebraría el cuello, dudó. Miró al suelo y por fin concluyó:

—Lo dicho —y cerró la puerta.

Bajamos hacia la Plaza de la Posada. No podían

tener éxito todas las excursiones. Yo prefería olvidar a aquel tipo y alcanzar el territorio sioux. Desde el Nirvana nos llamó el gigantón.

—Os esperan en el número cuarenta, tercero izquierda.

Ojalá me hubiera negado en redondo, pero Magda no se arrugaba ante nada. De nuevo tierra comanche. En el portal del cuarenta se anunciaba: Pensión. Al menos las escaleras estaban pintadas aunque sólo un ventanuco, con el cristal opaco por la suciedad, las iluminaba con un resplandor mortecino. La puerta del tercero estaba abierta. Llamamos varias veces y no contestó nadie. Yo probé con la contraseña, tres golpes, silencio y golpe. Tampoco respondieron. Empujamos la puerta. Daba a un pasillo forrado con un sobado terciopelo rojo. Qué antro. Encima de cada puerta estaba colgado un número. Nos aventuramos hasta el fondo del pasillo. Desde un pedestal nos sonreía una venus de escayola con los pezones desportillados.

—Esto parece un prostíbulo —me susurró Magda al oído.

—¡Vámonos, vuela!

Ella aún curioseó en una habitación. Yo me asomé a la puerta. Colgaban amplios cortinajes al lado de una cama sencilla.

Del brutal empujón rodé por el suelo y me golpeé la rodilla con la pata de una silla. En un segundo un tipo cerró la puerta con el pie, agarró a Magda del rostro, amordazándola, y le puso una navaja al cuello.

—¡No, por favor, no le haga nada!

—¡Ni palabra! —ordenó y cerré la boca—. ¡No te muevas de ahí o le hago la fiesta a ésta!

Yo quedé de rodillas, temblando. Tenía que ser Dachael Abrim. Llevaba un gorro de lana al cuello y por un extremo asomaba parte del vendaje que le ceñía la cabeza. Dejó libre la boca de Magda y, arrastrando las palabras, sin alzar la voz, preguntó:

—¿Qué hacéis por ahí cantando mi nombre?

Las dos permanecimos en silencio. No podíamos hablar aunque yo lo intentaba.

—¿Eh? —insistió, y la punta de la navaja rozó el cuello de Magda. Me estremecí.

—Veníamos... —comencé— para ver si sabías algo... —se me cortó la voz—. Aparta la navaja.

—Saber algo ¿de qué? —exigió.

—De Boxi. —En aquella ocasión me aferré a su nombre porque era la única manera de establecer una conversación.

—¡Ponte a la luz! Ahí. Mírame. ¿Tú eres la tía que va con Boxi?

Afirmé con la cabeza.

—¿Y qué?

—Le metieron droga. Lo cogió la policía. Alguien le metió droga para que no declarara a vuestro favor —expliqué con un hilo de voz

Permaneció en silencio. Amordazaba a Magda, que estaba pálida e inmóvil. De pronto la soltó. Magda se sentó en la cama y ocultó el rostro entre las manos.

—¿Estás bien? —le pregunté, pero no contestaba

Dachael permaneció de pie. No sé dónde ocultó la navaja.

—Me sé el cuento. ¿Y qué puedo hacer?

Magda, sin quitarse una mano del rostro, sacó con la otra su agenda del bolsillo y me la entregó.

—¿Qué, Magda?

Me dio la fotocopia con las fotos de carné. Entendí.

—Pensamos que puede ser una de éstas quien le metió la droga.

Dachael miró el papel.

—Está también este hijoputa.

—¿Narcea?

Se encogió de hombros. Ahora llevaba yo el peso del interrogatorio. Magda no estaba en condiciones.

—¿El Pelado? —volví a preguntar.

—Ése ya me las pagará. Esperad en el Nirvana y callad de una puta vez con mi nombrecito. No me habéis visto. Si alguno de éstos cargó droga en el barrio lo sabré. Y punto en boca. Largo.

Magda se apoyó en mí para bajar las escaleras. En el mismo portal vomitó. Yo no cesaba de preguntarle si estaba bien y ella me tapó la boca. Que me callara.

—¿Y si fuéramos al médico?

Con los dedos índice y corazón imitó el movimiento de una tijera. Corté. El color no le volvía al rostro.

En el Nirvana le pedí al gigantón que le hiciera un poleo. El imbécil soltó una carcajada pero preparó la infusión. Cuando intentó llevarse la taza a los labios me percaté del temblor de la mano de mi amiga. El poleo desencadenó las náuseas. La acompañé dos veces más al baño. El estómago no digiere bien las cenas caras. Se mantuvo media hora inmóvil con el rostro entre las manos. Le pasé la mano por los hombros y se dejó abrazar. No sé cuánto tiempo transcurrió hasta que el individuo flaco que vimos en el primer piso entró en el bar y nos devolvió el papel. ¡Cómo llevaría el cuerpo Magda que ni siquiera miró el preciado documento! Cuando llegamos al paseo le fui explicando:

—Ha puesto una cruz sobre Adelina Mont. Debajo ha escrito una cantidad: cuarenta mil. Y una palabra: varias. Querrá decir que la fulanilla compró cuarenta mil pesetas en drogas varias. Ha puesto varias con be, el capullo.

—El cabronazo.

—¡Te ha vuelto la voz, Magda!

Me metió un codazo y se colgó de mi brazo. No pisaríamos jamás aquel callejón. Yo iba feliz con Magda agarrada a mi brazo, intactas ambas. En mi vida pasaré tanto canguelo.

Para animarla recapitulé:

—Tenemos el caso medio resuelto. A Dachael Abrim le atizó Narcea y Adelina Mont le metió la droga a Germán, mandada por Narcea el viejo.

En el piso de Magda estaba su padre. Se inquietó al verla.

—¿Qué te pasa, hija? Tú no te encuentras bien —afirmó. No hacía falta ser adivino. A Magda se le había ido hasta el moreno.

—Algo me ha sentado mal.

—¿Qué has comido?

—Una ración de navajas —Magda se recuperaba. Me mordí el labio.

—¿Una ración de navajas? ¡Pero vosotras tomando tapas por ahí!

—Nos han invitado después de volver de la excursión con la abuela.

—Estarían en mal estado. Hay que cuidar con esas cosas, no hay nada peor que el marisco en mal estado —nos advertía el padre de Magda.

—Estaban vivas, papá —al final yo no podría reprimir la carcajada—. No te preocupes, se me pasará. ¿Has regado la aralia?

—¿Qué dices ahora?

—La planta de tu despacho. Si no le echo un vasito de agua se va a secar.

Yo estaba atenta.

—¿Qué tal por el ayuntamiento? ¿Allí no se cogen vacaciones?

—A ver, hija, si en agosto... ¿Y tú? Te has puesto guapísima, Raquel. ¿Cómo van esos chavales?

Un pelín mordaz, señor concejal, consideré para mis adentros. Se creía que jugaba con ventaja. ¿Y con las chavalas?, pude replicarle. Pero me callé, claro. Habría sido una metedura mortal. Yo tenía más confianza con la madre de Magda. Con Isabel, aunque mi madre opine que es estirada, hemos pasado buenos ratos. Me las di de discreta:

—Pues así asá.

—Dentro de cuatro días empezaréis a darnos sorpresas. ¡Y a esta hija, con el mal cuerpo que lleva, qué manía le ha dado ahora con regar la planta!

Magda regresó con el magnetofón en la mano.

—Hija, tú estás enferma. ¡Qué palidez! ¿Quieres que te haga un poleo?

Magda se llevó la mano al estómago y contuvo las ansias.

—¡No me lo nombres!

—Está bien, está bien.

—Vamos un rato a mi cuarto —le dijo a su padre.

—Ah, por cierto, no vayas a Calaluna. Hoy comeremos aquí. Ya he avisado a tu madre al trabajo y a tu hermano. Vendrá también el abogado. Hay ciertas novedades en el caso de Alfredo.

—¿Buenas?

—Parece, parece —adelantó su padre.

En el cuarto de Magda empezamos a rebobinar.

—¿Qué opinas del comentario de tu padre?

—Bien. El caso está resuelto. Está preparando el teatro para meterle un rapapolvo a Alfredo. Hasta ahora sólo lo ha mantenido incomunicado. Ni se ha movido de Calaluna. ¡Qué enferma estoy!

De vez en cuando apretaba el *play* y se oía un susurro.

—Entonces tú crees que lo habrán..., ¿cómo era?

—Sobreseído. Yo creo que sí por el humor de mi

padre. Ahora prepara el montaje del abogado para asustar a Alfredo. Grandes sermones. Mi padre es muy dado a las formas. Igual que hacen plenos en el ayuntamiento hace plenos familiares.

—Oye, aquí no se ha grabado nada.

—Tendré pesadillas. Creí que me mataba. Horrible —Magda no se reponía.

—¡Calla, calla! Sube el volumen.

—*...espero que sí. Lo ha... el abogado de ...cio. ¡Y no ...nada!*

—Es ella.

—¡Calla!

—*...puridad, de ...aso, usted imagina ...tuitamente.*

—Gratuitamente. Mi padre. Mete esa palabra en todos los discursos —tradujo Magda.

—*...mañana! ¡Y ni siquiera así me pagará!*

La última frase de la mujer, pronunciada con un genio endiablado, terminaba con un estrépito. Un puñetazo en la mesa o algo parecido.

Únicamente se había grabado aquel fragmento, no sabíamos por qué. Lo oímos una docena de veces. Magda reconstruía de dieciocho maneras la primera frase. Interpretaba que soltaban a Germán mañana, que lo había dicho el abogado de oficio. Ya se suponía que el oficio del abogado era ése, ser abogado. Le preguntaríamos al hermano de Lara qué leches era un abogado de oficio. Más dudas ofrecía el final. La frase, dado el tono con que la soltó la señora, se grabó con claridad: «¡Y ni siquiera así me pagará!». Le pagará ¿qué?

Ya era la una y media. Llamé a casa y anuncié que habíamos llegado de la excursión. Dejé a Magda mejorada pero sin color. Le di ánimos y la obsequié con una sonrisa. ¿Sería posible que mañana Germán recobrara la libertad? Magda dijo que conseguiría el teléfono de Adelina Mont, aunque fuera en la oficina del censo. La llamadita para asustarla, para meterle todo el miedo en el cuerpo, me correspondía a mí. ¿Qué haría Germán en cuanto lo soltaran? ¿Vendría hasta Calaluna? ¿Iría a la ensenada? ¿Y si no era la interpretación correcta?

La tarde se me hizo larguísima. Mi madre, después de comer, me recordó que el uno de agosto salíamos hacia Galicia. Faltaba una semana. El lunes era mi cumple, pero si no estaba él me daba igual. Soporté a Pablo, le agarré la bota decenas de veces y saqué a *Niebla* del jardín de los Almusaf. A cada minuto miraba hacia la entrada de la urbanización. El presentimiento sobre la inminente llegada de Germán acabó por ponerme nerviosa. Probé con el saxo pero no estaba de clase. Tendría que cambiarle las zapatas algún día. El sonido tomaba un punto chillón e irritante. Cuando suena así me produce diarrea y acné. El saxo tiene su duende. En los días negros se convierte en un trozo de chatarra. El mar también me pareció monótono.

Hacia las seis me llamaste. Dijiste que acababas de salir del pleno familiar. Se había archivado el caso y los sermones, amenazas y razonamientos que soportó Alfredo sobrepasaron todas las previsiones. Deduje que estabas de buen humor cuando comentaste que Alfredo había pedido el ingreso en un convento de monjas de la caridad. Insólito en ti, terminaste anunciando que te ibas a la cama. No te había salido todavía el susto del cuerpo. Por fin te veía un poco chafada. Me alegraba de que no fueras pariente de supermán. Me choteé un pelín por teléfono hasta que me mandaste a tomar aires frescos a no sé qué isla.

Pasadas las siete me dejaron sola. Me cambié y cogí el autobús. Cabía la posibilidad de que Germán me esperara en la ensenada. Estuve una hora sentada en las rocas, al lado de mi hueco de invierno. Había nubes rubias y en la playa aún quedaban bañistas. El mar se enfundó su piel de color ceniza, como mis pensamientos. Podría ser que a los hijos de los poderosos, a los que tienen familias normales que entienden de abogados y de leyes, o a mí misma llegado el caso, nos tratara mejor la justicia. Por el contrario, Germán, que realmente no había hecho nada, seguía encerrado.

De repente me dio el pronto y escribí en la arena de mi hueco: «Te quiero. R.». Seguro que los pies de algún crío pisotearían mi mensaje en cualquier momento.

9

Hay noches asustadas por los navajazos de las pesadillas que resultan fatales. Me desperté en un cementerio de coches, que podía ser *El Monte de las Ánimas*, y todos los habitantes de las chabolas, armados con navajas, me perseguían. El viento gemía en los cristales. En uno de los sobresaltos estuve a punto de gritar:

—¡Mamá!

Pese al calor, metí la cabeza debajo de la sábana para librarme de mis perseguidores. Cuando abrí los ojos, con el miedo todavía dormido en mi cuerpo, la luz de la mañana anidaba en la ventana. No estaba la cazadora ensangrentada de Germán encima de mi mesilla, claro, pero, por si acaso, eché una ojeada a la habitación.

Era sábado, hoy podían soltar a Germán. O seguiría encerrado y el agujero se haría más profundo. Increíble, mi primer pensamiento matinal era para Germán. Ayer, en casa de la abuela de Magda, tenía deseos de besarlo. Hoy deseaba que me abrazara para cobijarme en su pecho. ¿Era esto el amor? Recordaba nuestros mejores momentos, cuando recorrimos el callejón del Doncel a ritmo de pasodoble o cuando él miraba escaparates de coches y soñaba en voz alta. ¡Qué hermosa mañana aquella en que me dijo en medio de la tormenta: «Estarás preciosa»! Mi ración de recuerdos la interrumpió Pablo, quien entró en la habitación con toda la artillería montada. Subió a mi cama, la convirtió en una barca y anunció:

—¡A pecar!

Comprendí que el enano actuaba como mensajero de mi padre. Los sábados íbamos a pescar por las rocas cercanas a Calaluna. Pretendía hablar conmigo y no podía darle un corte así como así. En la cena del jueves se enteró de que su cría, ¡su cría!, no salía con ningún traficante y quería disculparse. Yo tenía que llamar al bar de El Buitre para conocer la situación de Germán. Si estaba libre vendría en cualquier momento. Ya buscaría yo una excusa para esquivar a mi padre. Me dolía un poco la rodilla y exageré una cojera imaginaria. Antes de desayunar, contra mi costumbre de los sábados, me vestí con ropa de calle para eludir la mañana de pesca.

Entré en la cocina, decorada con el manojo de espliego que todos los sábados cortaba mi padre, y saludé. Sé cómo hacerlo, requiere muchas horas de estudio saber tratar a los padres. Le pasé la mano por el pelo y, para desarmar su defensa, dije:

—Perdona lo del otro día, me pasé un pelín. He decidido indultarte. No te ahorcaré en el palo mayor.

Él no contestó pero sonrió. Mi madre se interesó:

—Me ha parecido que cojeabas.

—Sí. No tiene importancia, un golpe, aunque apenas puedo doblar la rodilla. ¿Me perdonáis un momento? Tengo que llamar por teléfono.

—La factura sube una barbaridad. Cuelga pronto. Cuando hablas con Magda os dan las diez y las once

—advirtió mi madre. Me agradecía mis disculpas y me daba pie.

—*Las doce, la una, las dos y las tres...* —seguí yo.

—*Y desnudos al amanecer nos descubrió la luna* —terminó ella la canción de Sabina.

Tecleé los números y en cuanto dije «¿Oiga?» contestó El Buitre:

—Ha aguantado hasta el último asalto. En cuanto la vi entrar en el ring confié en el aguante de la señorita. El gancho de Emilia ha tocado mandíbula. Combate ganado a los puntos. El gorrión ya vuela.

Colgué. No sé si le di las gracias. Me temblaba el cuerpo como un flan. Entré en la cocina, yo creía que radiante, pero hasta mi padre se asustó:

—¿Qué te pasa, Raquel? ¡Estás temblando!

—Nada.

—¡Nada, no, algo! —insistía mi madre.

Creí que debía compartirlo.

—Han soltado a Germán, ¡lo han soltado!

Los abracé. El apretón intenso fue de mi madre pero noté el despego de mi padre.

—¿Ya vamos a pecar? —mi hermano a lo suyo.

—Raquel, me alegro de que estés tan contenta, tan emocionada, pero esto tendríamos que hablarlo —anunció mi padre.

Mi madre me sonreía.

—¿Hablar qué? ¡Lo voy a ver, imagina mi alegría!

—Raquel, es posible que creas que he tomado este asunto a la ligera, no es así. Me he informado. No es una familia recomendable. El padre, al parecer, es alcohólico y la madre una chantajista.

—¿Y qué más, papá? —ya sé que no controlo mi tono, no lo puedo remediar, me paso. Mi madre me indicó calma con la mirada.

—No iremos a pecar por ti, idiota —se quejó Pablo.

—¿Qué más? Esa mujer, la madre de tu amigo... —explicó mi padre.

—El jefe los perros —adivinó Pablo, pero esta vez nadie le rió la gracia.

—... ha estado presionando, con bajeza, con artes sucias a Almusaf.

—¿Y qué más, papá?

—¡Y qué más! Últimamente usas un tono insolente conmigo que no entiendo.

—¡Porque no quiero que me mientas en cosas importantes, muy importantes para mí! ¡Tú sabes que no trafica con drogas!

—¿Has hablado con el padre de Magda? —mi padre acusó el golpe. Se quedó tan sorprendido como cuando te descubren poniendo caritas ante el espejo.

—¿Es verdad o mentira, papá?

—¡Me queréis explicar todo esto! ¡Va a resultar que aquí somos hipócritas todos! —mi madre se percató de que estaba en fuera de juego y exigía su parte.

—¡Ya ha salido la maldita palabra! —mi padre sacó el vinagre de los grandes cabreos.

—Tú dijiste, Agustín, que ese muchacho estaba mezclado en asuntos de drogas, que había sido detenido por ello —intentaba atar cabos mi madre.

—Es cierto. Posteriormente he sabido que no, fue una confusión. ¡Y por eso no soy hipócrita! ¡Porque tenía constancia de una cosa y ahora de otra!

—¡No fue una confusión! ¡Fue, como yo adiviné, una jugada sucia! —repliqué.

—¡Una jugada sucia que tu padre no ha hecho! ¡Lo único que estoy haciendo, lo único que hago, es preocuparme por vosotros, que no os falte de nada, que deis pasos firmes! ¡Pero tú, niña, estás cambiando! ¡No te conozco con esa insolencia y esa altanería! ¡Te estás volviendo estúpida, lo que nunca has sido! ¿Y sabes desde cuándo? ¿Lo sabes? ¡Desde que sales con ese individuo!

—La bota todos, idiotas —Pablo se echó a llorar.

—¿Lo conoces? ¡Di! ¿Lo conoces para juzgarlo? ¡Tú te has vuelto intransigente! ¡Hasta ahora todo muy bien porque hemos hecho lo que has querido! ¡Todos! ¡Mamá también ha hecho lo que querías tú!

—¡Cállate, Raquel! ¡Yo diré lo que tenga que decir, si dejáis de gritar! —precisó mi madre.

—¡Me voy a verlo! ¡Cuando más contenta estaba me has chafado todo! ¡Me voy a verlo, papá! —ya las lágrimas desbordaban mis párpados.

—¡Ven aquí! —era mi madre la que me retenía del brazo.

—¡Ahora, no, mamá! —y me escurrí bruscamente de su mano.

Temí que salieran tras de mí. No sabía si me había pasado con mis gritos o eran ellos los culpables. Estaba nerviosa y exasperada. A lo peor estaba gilipollas perdida. Tuve la suerte de que llegara el autobús en cuanto alcancé la parada. Cuando me bajé en la Plaza de don Jaime, las personas que esperaban el autobús se quedaron mirándome porque iba llorando. Se la guardaba a mi padre desde que habló mal de Germán sin conocerlo y a la primera de cambio se lo eché en cara. Sí, era cierto que él había reconocido que se equivocó. No sé qué me ocurre, no puedo razonar con ellos, no me entienden, me enfurecen. ¿Han sentido, con todo que se las dan de comprensivos, lo que siento yo? ¡Jamás han estado enamorados! Siempre estaremos de follón en follón. En el fondo quiere que no salga con Germán porque es pobre, de mala familia, de mal barrio, un pelagatos de mierda.

Sentada en un peñasco de la ensenada me desahogué a gusto. No sé qué hacía aquella gente bañándose y riéndose. Me alegré de que no saliera el sol. La calina de la mañana dio paso al nublado. Mejor, ojalá lloviera a cántaros. ¿Por qué Germán no venía allí? ¡Aunque debía estar horrorosa, los ojos hinchados, hecha un asco! Habría ido a Calaluna, rondaría los alrededores del chalé... ¿Se atrevería a llamar en mi portal y preguntar por mí? Ojalá lo hiciera. Se darían cuenta de que me quiere y, encima, de que es guapísimo. Mi madre sabe cuando un tío está como Dios manda.

Me acordé de Magda. ¿De qué habían servido tantas averiguaciones? ¡Saber la verdad había sido peor! La abuela dijo que la verdad hay que llevarla a trocitos, que es muy pesada. Mi cabeza se negaba a razonar pausadamente. No sé cuánto tiempo estuve allí. Miré el hueco, habían pisoteado mi mensaje. Repasé día por día aquel verano. Comencé por la mañana del incidente del instituto, cuando me abrazó Germán. ¿Era verdad que yo había cambiado y me había vuelto insoportable, imbécil integral? Me sorprendió la hora del reloj, el tiempo había volado, ¡la una y media!

Desde una cabina llamé a Magda.

—¿Ya estás bien? ¿Sabes el notición? ¡Germán está libre! ¿Lo sabías?

Tardaste dos segundos en contestar. ¿Acababas de despertarte o me estabas mintiendo?

—Sí —afirmaste.

—¿Quién te lo dijo? —de nuevo tus dudas. Estabas rara—. ¿Qué te pasa, Magda? ¿No estarás enferma de verdad por lo de ayer?

—Me lo dijo El Buitre. Fui a ver si Artemio había recogido los billetes.

—¡Me estás mintiendo, Magda! ¡No sé por qué, pero me estás mintiendo!

—Estás de mal gas.

—¡He tenido un follón horroroso con mis padres! ¿Puedo verte un minuto?

—Ahora, imposible.

—¿Por qué? —de nuevo tres segundos de silencio. Te conozco, Magda, rica. Lo que me faltaba, que tú, ahora precisamente, te pusieras también en plan borde. Te solté, sin dejarte hablar—: ¡Dime ya lo que se te ocurra, es mentira! No estás hoy muy fina. Te cuesta tres segundos inventarte una excusa.

—He quedado con mi padre.

Colgué, no podía soportar aquel rosario de trolas, increíble. Me ocultaba algo, me evitaba. Quizá la había llamado mi padre y la había puesto en antecedentes. Yo no necesitaba a nadie, únicamente a Germán. ¡Cuando más la necesitaba me volvía la espalda! ¡Magda, mi mejor amiga!

Sin encomendarme a nadie me encaminé hacia casa de Germán. Ya estaba acostumbrada a aquel tipo de escaleras oscuras y mugrientas. La actitud de Magda me había dejado helada por dentro, peor que el mayor bofetón. Ni siquiera me temblaban las piernas. Me conozco cuando me pongo así, raras veces me ocurre: fría, colérica y borde.

Abrió su madre. Llevaba un vestido azul marino sin mangas. Creí descubrir una chispa de sorpresa grata en su mirada.

—¿Está Germán? Sé que lo han soltado.

—Sí, pero no está. Eres tenaz, ¿eh? ¿Qué tienes que decirme? Ya te lo han contado. Dímelo a la cara, es como se dicen este tipo de cosas.

—Déjese de chorradas —realmente mi genio era de lo más agrio—. ¿Dónde está Germán?

—No lo sé, pero lo supongo. Habrá corrido a casa de su abuelo. Espero que no haya hecho muchas locuras.

—¿No ha ido a buscarme?

—Muchacha, el agua baja de los cabezos a los valles. Nunca al revés, siempre ha sido así.

—Llevo el día de sermones. No le tengo miedo a usted ni a nadie. ¿Ha sido capaz Germán de no correr a buscarme?

—Preferiría que me digas a mí lo que tengas que echarnos en cara. No que corras a decírselo a él.

—Yo no tengo nada que hablar con usted.

Entonces apareció su padre, sonriente. Sin embargo yo no estaba para consideraciones. Me dirigí a la mujer alta y seca:

—¿Le ha impedido usted que viniera a buscarme y le ha hecho caso?

Aquella mujer me seguía mirando a los ojos. No era una inspección física, investigaba el alma. Lo tenía crudo. Mis ojos, hinchados, no eran una buena pista.

—Yo no le impido nada. Pero no le convienes. Será una fuente de jaleos.

—¡Déjenme en paz!

—Ha ido a buscar al abuelo, pero vendrá —explicó entonces el padre y acabó de confundirme totalmente. Me ofreció un extraño dulce.

Increíble. No sé si aquel hombre iría borracho o no, pero conmigo tenía siempre un comportamiento cariñoso. Bajé las escaleras deprisa. Estaba hasta los ovarios de los adultos, sobre todo de aquella mujer, más fría que una navaja, con sus metáforas de cabezos y de lluvia. ¡Harta! ¿Es que Germán era un niñato de mierda que tenía que ver antes a su abuelo que a mí? Desde la plaza entreví a la mujer observándome por el ventanuco.

Estaba ciega de rabia pero con una decisión tomada. Recordaba el nombre del pueblo. Cuando crucé la puerta del Calentrar, El Buitre se limpió las manos en el delantal y me apretó la mía.

—¿Qué le ha contado el gorrión?

—No lo he visto. Buitre, tengo un problema, le prometo que las devolveré. ¿Me puede prestar tres mil?

El Buitre se dirigió a la caja y me entregó un billete de cinco mil.

—Yo le aseguro...

—Que lo sé, los buenos púgiles son de fiar. ¡Espere!, dejaron el otro día estos bichos.

Me entregó dos elefantes tallados.

—Uno para su amiga y otro para usted. ¡Cojonudo, con perdón, lo que hicieron! —exclamó, y su narizota se aproximó a la boca con la expresión de un verdadero buitre. Los había cojonudos, sin perdón.

—Tome, guárdele éste a mi amiga. Seguro que vendrá por aquí.

¡Me estaban mintiendo absolutamente todos! Magda no había estado en el bar. Ya sabía que fingía, no puede disimular conmigo. ¡Los padres habían preparado un montaje, y Magda estaba conchabada con ellos, para apartarme de Germán! ¡Te odio, Magda! ¡No te lo perdonaré nunca!

A las tres ocupaba mi plaza en el autobús de Teruel que paraba en Segorbe. Recordaba que Germán decía que desde allí no había combinación para llegar al pueblo. Tomaría un taxi. Si Germán también me mentía le escupiría a la cara y me olvidaría de él aunque me costara tragarme las lágrimas más amargas. ¿Por qué, por mucho que lo quisiera, había ido a ver a su dichoso abuelito antes que a mí?

Pensé en mi madre. En cuanto me vio enamorada cambió su actitud. Ni siquiera la oí quejarse de las jaquecas. Ella siempre dice que, desde que nació Pablo y tuvo que dejar la papelería, le faltaba algo. Ahora intentaba ayudarme y yo la había mantenido al margen. Para colmo, vaya puñetero final, soy única para meter la pata, me la había sacudido de encima cuando pretendió retenerme. ¿Es que es tan difícil entendernos? ¿O es que soy tan egoísta que sólo voy a mi rollo y no me entero de las preocupaciones de los demás? La frase de la abuela sobre el trozo de verdad de cada uno me rondaba la cabeza.

Antes de llegar a Sagunto nos desviamos a la izquierda. Al atardecer estaría de vuelta con una respuesta, porque iba buscando una respuesta. Tenía que verlo cara a cara para comprender que yo no le importaba más que cualquier ligue de verano. Soy tan pava que había creído que era el amor de mi vida. Desde que estaba encerrado no había cesado de pensar en él. Si Germán resultaba un imbécil integral que me había tomado como un juego pasajero, lo sabría al minuto de verlo. Le cantaría todas las verdades que voy almacenando. Recordé sus ojos y una nube morada de congoja coronó mi garganta. Se me pasaría, no duraría siempre aquella brasa que me devoraba, lo más... ¡inefable! (me acordé de la Vocablos) que había sentido nunca. Me mordí el labio. ¡Me entraban unos arrebatos de monja llorona increíbles! ¡Si volvía a echarme a llorar me cascaba dos leches! Afortunadamente el autobús iba medio vacío y no llevaba compañero de asiento. Entramos en la provincia de Castellón y el paisaje fue cambiando.

En Segorbe tardé un rato en conseguir un taxi. Por fin me indicaron un bar donde tomaban sendos carajillos dos taxistas. Organizaron un choteo particular para decidir cuál de ellos haría el servicio, se jugaron el viaje a los chinos. Me acordé de El Chino y su gato, de la misma nacionalidad. Los dos atrevimientos iniciales del verano, el primero, robar la libreta verde, y el segundo, devolverla. Volvía a estar en blanco sobre la resolución de los sistemas de ecuaciones por el método de igualación. Ojalá Casiopea se hubiera convertido en una vecina explosiva que le preparara agua de limón con ginebra. Llegué a la conclusión de que el amor transforma a los amantes. Aquellos atrevimientos fueron los primeros indicios.

Pensé en la cautela de mi padre. Si no lo sonsaco y le hago confesar que Germán no traficaba, se lo calla. Habría sido un argumento más para presionarme. Todos los adultos, tal vez a fuerza de desengaños, son hipócritas. También es cierto, repartiendo responsabilidades, que yo me he callado lo que averigüé con Magda. ¡Qué presiones has tenido que soportar, conociéndote como te conozco, Magda, para ser tan fingida, estúpida y borde!

El taxista puso la radio y se olvidó de mí. Miré el reloj y me asombré, las seis y media y no llegábamos. Las laderas pobladas de pinos sustituían a las huertas. Mis padres pensarían que comía en casa de los Almusaf. Los tendría que llamar, aunque me costara tragarme el orgullo, en cuanto llegara. Mi padre, tan progre, tan agradable con mis amigas, todas lo preferían porque tocaba la guitarra, no se cortaba a la hora de gritarme. A veces lo odio por su torpeza. ¿Cómo no me puede entender? ¿Es que él no sintió lo mismo? *Merde!* Ya lo decía en francés, como la imbécil de Magda.

Cuando llevábamos casi una hora de viaje, y seguíamos ascendiendo por un carretera que serpeaba entre pinares, pensé en la factura. A precio de un taxi de la ciudad aquello me podía costar un pastón. El taxista acabaría odiando el juego de los chinos. El billete me había costado setecientas ochenta pesetas.

Me quedaban cuatro mil doscientas veinte, un bonobús, el perfumador, un dulce, mi carné, un elefante tallado y un reloj de esfera negra que me regaló mi madre el año anterior.

Tenía hambre. Mi estómago, aun en las situaciones más comprometidas, no pierde el tiempo. Llevaba en el bolso el dulce que me regaló el padre de Germán. Mi padre, muy previsor, ya había averiguado que era alcohólico. Todavía no sabía que era un tipo raro, raro en el estilo de El Chino. No un raro del tipo de Narcea padre o Adelina Mont. La llamadita que te haga, Adelina, querida, te va a dejar más arrugada que una serpentina.

—Oiga, ¿aún no llegamos?

—Estamos en la ladera del alto de Pina. En un momentín.

—Es que...

—¿Qué?

—No, nada.

El dulce, de harina y coco rallado, estaba buenísimo. ¡Qué problemón si no podía pagarle! Artemio y compañía tampoco tenían dinero para sacarse un billete. Cada día que pasaba comprendía la importancia del dichoso dinero. Entre mi padre y el padre de Magda barruntaba, como diría la abuela de Magda, que existía una simbiosis, mejor mutualismo (la de ciencias naturales), que les reportaba beneficios mutuos. ¡El color del dinero! Cuando comenzó este lío lo único que preocupaba a mi padre era la caída del concejal. El taxista montaría el número cuando pretendiera cobrar. ¿Dónde estaba aquel maldito pueblo?

Por fin aparcó en la plazoleta de un pueblo mínimo. El paisaje de pinares lo penetraba por los cuatro costados.

—¿Qué le debo? —esperé anhelante la respuesta.

—Cinco mil redondas.

—Oiga, ¿no es una pasada?

—Te cobro la vuelta, claro. —Me miró desolado y en lugar de cabrearse, ya se había hecho a la idea, preguntó—: ¿Cuánto llevas?

—Cuatro mil doscientas veinte —canté, y le entregué las cuatro mil doscientas.

—Sobra —le entró la risa—. Lo que falta lo pondrá Braulio.

—¿Braulio?

—Mi compañero, que no iba muy descaminado. Se ha apostado mil pesetas a que no cobraba.

Me daba la impresión de que el taxista me había sableado.

Estaba fuera de mi ambiente, mis piernas empezaron a informarme. En cuanto el taxi inició la vuelta comencé a preguntar. ¡No me acordaba del nombre del abuelito!

—Oiga, busco a un señor mayor, a un abuelo.

—Pues yo mismo.

—No, qué gracia. Es un señor que fue minero y tiene un nieto...

—Un nieto en la ciudad, una nuera con malas pulgas y un hijo enfermo —adivinó el señor.

—Ése.

—Mauricio el Carbonero. En los pueblos sin tranvía nos conocemos todos. Demasiado, bonica. Mauricio, además de ser minero, vendió carbón, por eso le decimos el Carbonero. Por él ha de preguntar para que la entiendan. Ayer mismo estuvimos juntos cogiendo brevas de la higuera de su huerto.

—¿Y dónde vive?

—¿Ve aquella esquina? Pues coja la calle y no la deje hasta que se dé de narices contra un portalón.

En efecto, la calle era un camino flanqueado por tapias de huertos y terminaba en un enorme caserón destartalado con un balcón de forja. Golpeé la puerta con la aldaba y esperé. Saldría Germán, me miraría con ojos emocionados y me abrazaría. Yo no debía acaramelarme ni dejarme llevar por mis sentimientos. Golpeé de nuevo. El sonido resonaba como si el interior fuera una cueva. La tercera vez que batí la aldaba habría despertado a un muerto. Rodeé la casa, que se prolongaba con tapias de piedra, y en la parte posterior encontré abierta una puerta. Entré en el huerto donde se respiraba la fragancia ácida de las tomateras. Una higuera vieja, como una clueca verde, vigilaba la tranquilidad del huerto. La fachada posterior del caserón estaba abierta de solanas. Resguardada por un emparrado se hallaba la entrada trasera. La golpeé inútilmente.

¿Dónde estaba Germán? Tenía que regresar antes del anochecer y no tenía pasta. Volví a salir a la plaza donde me dejó el taxista y vi una cabina telefónica. ¿Qué les iba a decir a mis padres? ¿Que vinieran a buscarme? ¿Que llegaría tarde? ¡Tenía que encontrar a Germán o a su maldito abuelo para que me prestaran dinero!

Empecé a inquietarme y a caminar deprisa. A una señora que tejía a la puerta de una casa le pregunté por Mauricio y volvió a indicarme la dirección conocida. Regresé a la casa. Alguna vez tendrían que venir si habían salido a pasear antes de la cena. Mis sentimientos hacia Germán se empezaron a pudrir. Anduve por aquel huerto desierto, cada vez más nerviosa. Si Germán era un niñato asustado, Magda entraba en el juego de los padres y me traicionaba y en mi casa reinaban los gritos, nada merecía la pena. El amor se podía derretir como un bloque de hielo. Salí del huerto cuando el crepúsculo enrojecía el cielo. Vi a dos señoras conversando bajo un toldo.

—Por favor, ¿un taxista?

—¿Un taxista, chiqueta? ¡Ay, un taxista!

—Hasta Caudiel, si está el veterinario, la podrá bajar —terció la otra.

—Que estamos a sábado —contestaba la primera—. De veterinario hoy, nada. Hasta mañana, que bajará el forestal, no hay viaje. Se va a las cinco de la mañana y si hay alguien en plaza lo recoge. Claro, puede esperar al cura. Mañana subirá a decir misa.

—¿Quieren decirme que no hay nadie que pueda trasladarme?

—Justo, bonica.

—Oiga, y saben dónde está Mauricio.

—¡El Carbonero tenía el día grande! Ha venido a buscarlo el nieto a media mañana, con un coche azul, y se ha ido todo orgulloso con él —informó aquella señora.

—¡No me lo habías dicho! ¿No tendrán a alguien enfermo? Porque, ya me dirás, para moverse el Carbonero del pueblo con lo mal que se lleva con el hijo... —replicó la otra.

—Pues se ha ido.

—¿Y el nieto ya tiene coche? Pensaba que ese muchacho era más joven.

Las dejé con sus murmuraciones. Fui a la cabina telefónica de la plaza. ¡Eché mis cuatro monedas y el teléfono no funcionaba! ¡Qué corte, increíble, me faltaba un duro! Estaba harta de aquel pueblo situado en el fin del mundo, harta de mi viaje, de mi ingenuidad, ¡de todo! Le podía pedir un duro a cualquiera, claro. ¿Qué le diría a mi padre? ¡Que viniera por mí porque yo había ido a buscar a Germán y no lo encontraba! ¡Dios, qué mal me sentía! Ellos habrán llamado a Magda o creerán que duermo con ella. Se inquietarán cuando pasen unas horas. Una idea malvada se abrió camino y me regodeé en ella: que sufrieran realmente por mí. Me dejé resbalar en mi resolución, como si fuera un tobogán. Hasta mañana no volverían a verme. Se darían cuenta de que también importaban mis sentimientos, de que no era una cría. Habían conspirado contra mí, con la ayuda, es increíble lo que has hecho, Magda, con tu ayuda. ¡Les has seguido el juego para que no viera a Germán!

Cuando anocheció volví al huerto y me senté en una silla de anea junto a la puerta trasera. Mi estómago me condujo hasta la higuera y con el tacto palpé los frutos. No estaban maduros del todo pero comí una docena.

Pensé que yo también podría ganarme la vida. Entre mi madre y yo llevaríamos la papelería. Iría al instituto por la mañana, atendería la tienda por la tarde y estudiaría por la noche. ¿Estarían preocupados o les daría igual dónde pudiera estar?

El cielo se llenó de estrellas azules. A partir de aquella noche iba a cambiar mi vida. Ahora lo más importante, la decisión me arañaba por dentro, era olvidar a Germán. Olvidar sus ojos, su chulería al andar, sus gestos de desplante. Olvidar la piel de terciopelo de los besos... ¡Todo aquello no se podía olvidar! La gente conserva el recuerdo de su primer amor. Yo lo guardaría en una caja en mi interior, una caja que volvería a abrir de vez en cuando, cuando pasen los meses y pueda decir: «¿Germán Almenar? ¡A mí como si lo operan!». Al abrir la caja sonará siempre la misma música, no con la voz de Maria Carey sino con el sonido de mi saxo: *Yo no puedo olvidarme de tu cara al marcharte cuando nuestra triste historia terminó.* Mañana lo veré por última vez para decirle lo que pienso de él. *Cuando pienso en el futuro veo todo tan oscuro. Yo no sé por qué te dejé marchar.* Los dedos jugaban imaginariamente con las llaves del saxo y la música se enredaba en la geometría de las estrellas. *Vivir no es vida si no estás tú. Sin ti...*

Un bicho me saltó al regazo y me levanté espantada de la silla. Todo seguía en silencio después del chillido que había dado. El bicho maulló. Aquel gato estaría acostumbrado a echarse en las piernas del abuelo. El susto y el silencio del huerto me infundieron miedo. A partir de aquel momento empecé a contar los minutos y la noche se alargó hasta hacerse eterna. ¿Se habrá acostado mi madre o estará llamando a todo el mundo? ¿Habrán avisado a la policía? No podía llamar a aquellas horas a una de las casas del pueblo para que me dejaran usar el teléfono. Cantó un grillo, le respondió otro y al momento un coro agujereó la noche, la peor noche de mi vida. Nunca llegarían las cinco de la mañana. ¡Me encontrarían enferma al amanecer!

A las cuatro y media de la madrugada estaba en la plaza, justo al lado de la cabina telefónica. Tenía una sed horrible y tiritaba de frío pese a ser pleno verano. Imaginé a mi madre desesperada. Mi padre escupe la mala leche soltando tacos y maldiciones, pero mi madre se calla.

A las cinco en punto subí en el todoterreno del forestal, un hombre alegre al que no correspondí pese al favor que me hacía. Nunca pensé que existieran pantanos de tristeza. Me dejó en Caudiel y allí hice autostop. Recordaba las advertencias sobre los peligros de hacer dedo. No paraba nadie. Hacía buen rato que había salido el sol cuando me acerqué a la gasolinera. Un empleado consiguió que una señora que viajaba a Viver me llevara. En Jérica volví a sacar el dedo. Tenía una sed horrorosa, la garganta seca y la cabeza destrozada. No sé cómo no inspiraba lástima y paraba alguien. Al fin, después de una hora en el arcén, se detuvo un camionero que transportaba un cargamento de pollos.

—Faustino Beltrans —me dijo.

—Yo me llamo Raquel.

—¿Y no tienes apellido?

—Raquel Borja.

Me miró de arriba abajo y comenzó a ser amable. Las historias de violaciones me rondaban por la cabeza. El señor me miró de nuevo, se fijaba en mi blusa y en mis pantalones vaqueros. Con los nervios a flor de piel después de la noche en vela, mi inquietud se disparó. El hombre intentaba forzar la conversación y yo apenas le contestaba. Tenía una idea fija, apearme en cuanto se detuviera y salir disparada de aquella cabina.

—¿Así que Raquel Borja?

—Sí.

—Bien, bien.

En el desvío a Segorbe aminoró la marcha al ver un coche de la guardia civil. Echó el intermitente y se detuvo en el arcén. Los guardias se acercaron.

—Me parece que llevo a la chica que buscan. Coincide el nombre y la ropa.

Uno de los guardias me pidió el carné.

—Acompáñanos.

Como despedida soltó el camionero:

—Si soy yo su padre le doy ahora mismo dos hostias que le parto la cara.

10

Al sargento del cuartelillo, un señor calvo y pelirrojo, todos lo llamaban «mi sargento». Probé y fue efectivo.

—Mi sargento, ¿podría darme agua?

—La resaca. ¿Has bebido mucho?

—Ni una gota desde que salí ayer de casa. Comí una docena de higos.

El hombre me observó y le entró la risa.

—¡A los fugados ni agua! —y me trajo un botellín fresco. Ya sólo me quedaba aguardar a mi padre y esperar que se cumpliera la profecía del camionero. Menudo cirio había montado. Deduje que el camionero se había enterado por la radio de que me andaban buscando. A las dos que me atizaría mi padre podrían añadirse la media docena de mi madre. No diría ni una palabra de protesta, no tenía derecho. Llevaba el cuerpo peor que Magda después de la ración de navajas. Un guardia joven me trajo un café con leche de la máquina y dos galletas que no sé de dónde sacó. A él le pregunté:

—¿Tardarán?

—Estaba tu madre en casa. Tu padre andaba buscándote por no sé qué plaza y cada media hora llama a tu domicilio para ver si has aparecido. Total, entre que se entera y el viaje, una hora.

Crucé los brazos, agaché la cabeza y esperé. Hacía veintisiete horas que había salido de casa y me encontraba destrozada. No sé cuánto tiempo pasó hasta que reconocí la voz de mi madre en el despacho contiguo. Me levanté, me invadió la alegría al verlos entrar precipitadamente y cerré los ojos. Que me dieran cuanto quisieran. Entre los abrazos efusivos de los dos noté un tirón de pelo que juraría fue de mi madre. En el coche, sin revelar muchos detalles, les hice una síntesis de mi viaje. Agradecí que pospusieran la bronca, no tenía el cuerpo en condiciones para soportar en aquel momento la tormenta. A mitad de camino hice parar a mi padre y solicité que mi madre se pasara conmigo al asiento trasero. Repitió el tirón de pelo por lo que deduje que el anterior era de la misma mano.

El chalé de Calaluna estaba tomado por tres vecinos que habían colaborado en mi búsqueda, los padres de Magda, otro amigo y dos señores que no conocí. Comimos algo a las cinco de la tarde y todo el tiempo el teléfono estuvo al rojo. Docenas de llamadas de mi padre para desactivar mi búsqueda y otras preguntando por mi estado.

Águeda apareció un momento y desde la puerta gritó:

—¿Dónde está esa ingrata? ¡Anda, mi lucero, pero si está igual de hermosa! ¡Dame cuatro besos ahora mismo por la noche que me has hecho pasar! ¡Años hacía que no rezaba tantos rosarios!

Me miró, me hizo darme la vuelta y prosiguió:

—Ya veo que estás entera. ¡A la próxima vez que me hagas algo de esto átate las alpargatas! ¡Porque como me llamo Águeda que te emprendo! —y seguidamente se fue. Tenía a su pequeño con fiebre.

A las seis, cuando se restableció la normalidad, trajeron a Pablo de casa de unos vecinos. Vino directamente contra mí, me atizó una patada intencionada y borde en la espinilla y se colgó de mi cuello. De vez en cuando se retiraba y me miraba, como si se cerciorara de mi presencia, y volvía a abrazarme.

—¿Te has acordado de mí, enano?

—Idiota —contestó.

—Sí, cariño.

—¡Que no, idiota! —protestó el enano.

—¿Y dónde has estado? ¿Jugando con Carlos, tu amigo?

—Con Carlos al balón y con el jefe de perros.

—¿Qué jefe de perros?

—El jefe de perros.

—¿Cuándo?

—No sé. Estaba ahí.

—¿Dónde? Dímelo, vamos, ¿dónde estuvo?

—En la playa.

—¿Cuándo, pero cuándo fue eso?

—¡En la playa!

—¿Y te preguntó por mí? ¿Qué te dijo?

—Cosas.

—¿Qué cosas? ¡Tienes que acordarte!

—Cosas de *Nieba*.

—¿De *Niebla*? ¿Y de mí? ¿Qué te dijo de mí?

Se encogió de hombros. Lo habría estrujado. Probé al revés:

—Y tú, ¿qué le dijiste?

—Que te has capado.

—¿Que me había escapado? ¿Y estuvo mucho rato?

—¡Puf! —por el movimiento de la mano de mi

hermano deduje que esperó varias horas. No pude sonsacarle nada más. Jugué en el jardín a su juego preferido, el escondite, y mi madre no me quitó la vista de encima.

Yo no entendía el comportamiento del capullo de Germán, pero las palabras de Pablo pusieron en marcha de nuevo la máquina de soñar. Al final de la tarde te dignaste a venir tú, Magda, ¡ya era hora! Claro, que no te cortaste ni un pelo. ¡Qué quemada llevabas conmigo! Ni siquiera me diste un beso:

—¡Imbécil integral absoluta! ¡Y sin entrenarte! ¡Menuda ensaimada nos has metido a todos! ¡A mí en especial! ¡Porque figúrate la de preguntas, explicaciones e hipótesis que he tenido que responder!

—¿Vamos a mi cuarto?

Por las escaleras seguiste con la retahíla, impertérrita, amenazadora y avinagrada:

—¡Como me vuelvas a hacer una similar o parecida no se te ocurra presentarte! ¡Lárgate a Brasil, a Groenlandia, a Nueva Zelanda pero no vuelvas a mi presencia, olvida que me conoces, piérdete!

—Magda...

—¡Cállate, coño!

—Perdón.

Y con un tono de voz compungido pediste:

—Hazme una manzanilla, por favor.

—¿Estás enferma?

—Desde que casi me trago la navaja de ese tipo vomito todo lo que como. Al final tendré que ir al médico. ¡Y para postre, la noche que me has dado!

Cuando se tomó la manzanilla se inmovilizó y anunció:

—Parece que ésta no la vomito. A ver, que me he devanado la cabeza, ¿dónde has estado? ¡Habla, cuenta, di!

—En el pueblo del abuelo de...

—¡La tres! —soltaste sin dejarme acabar—. Al principio era la hipótesis uno. Pero, claro, una tía normal, no como tú, normal, viaja hasta el pueblo con las cinco mil que te prestaron, comprueba que no están los sujetos que busca y se viene. Error: pensar que eres una tía normal.

Me di cuenta de que sabía todo. Hasta las cinco mil que me prestó El Buitre. Prosiguió:

—Deseché esa hipótesis y puse en marcha la uno. A Dachael Abrim le había dado el barreno por no sé qué, por pensar que nosotras acudiríamos a la poli, y te secuestró. O la dos, que, claro, era rarísima: Narcea quería tener controlado a Germán para que no cantara y te usaba a ti. No veas el tinglado de llamadas y amenazas que he montado, no quiero ni pensarlo. Los demás diciendo tonterías: que si te habrías ahogado, que si te habrías suicidado, que si no sé qué. Ya les dije: Raquel es bastante imbécil pero no tanto.

Me fascinabas. Entonces empecé a darme cuenta del mogollón de gente que tengo pendiente de mí. Te pregunté:

—¿Y tú por qué te negaste a verme, por qué me mentiste, cuál..?

—A eso ya llegaremos, guapa. Una mantiene su palabra. Vamos por orden. Advertencia inicial: no intentes ocultar nuestras aventuras porque he tenido que explicar todas las andanzas. Bueno, la de la cena la he maquillado un poco, dije que nos contó la conversación un camarero. Creo que si la cuento tal como fue no se la creen, porque en ningún momento sospecharon que sus hijas podían estar allí, a su lado.

—¿Saben todo? —me asusté. La tormenta del día siguiente podía tener abundante aparato eléctrico.

—¿A que no te imaginas qué y con quién han desayunado nuestros padres esta mañana?

—Ni idea.

—Han desayunado patatas rellenas con bacalao, en compañía de su nuevo amigo, El Buitre. He descubierto que a mi padre le gusta el boxeo.

—Tierra, trágame.

—No, guapa. Que tendremos que buscarte de nuevo.

—Por favor, ¿tú por qué...?

—Porque se lo prometí a Germán.

—¡Ese tío me importa un pepino!

—¿Seguro? O sea, que tengo el campo libre. Superior. ¿Sabes?, me parece que ha perdido el aspecto de crío, se le ha puesto la pinta de tipo duro. La verdad es que no está como un bollo sino como un bollicao.

—Magda, no te ensañes. Háblame en francés, hazme lo que quieras, pero termina.

—Antes, otra pregunta. Es que si no me parezco tonta. ¿Tú por qué no volviste de ese pueblo, aunque fuera al atardecer, aunque fuera a dedo, aunque fuera como fuera?

—No tenía dinero, no...

—¡Y una mierda! —estabas totalmente seria.

—Perdón, tienes razón.

—¡Para darnos a todos en la cabeza porque el uno te gritó, la otra te mintió y demás! Vale, sigo. ¿Qué decías de Germán Almenar? —se recreó Magda.

—Te lo suplico, te lo imploro. Termina.

—Esta manzanilla ha hecho su efecto. No sabes lo malísima que estuve la primera noche. ¿De qué marca es la manzanilla?

—¡Magda!

—Vale, voy. Sábado por la mañana. Magdalena Almusaf, o sea, yo, está tan tranquila en su cama a las diez de la mañana en su piso de la ciudad cuando oye una discusión. Se levanta, porque tiene el vicio de fisgar, y nota que su estómago está fatal. Pero, tal cual está, en pijama, pone la oreja en la puerta del despacho de su padre. Una señora, de un mal gas impresionante, esta diciendo:

»—... tan normal como el suyo, está marcado por la ley por su culpa. Y con ese millón, que me lo dará, no borramos nada, ni siquiera me paga una décima parte del mal que me ha hecho.

»—Señora, esto se llama chantaje, y no estoy dispuesto... —replica el señor Almusaf, es decir, mi padre.

»—Usted no me conoce. Cree que soy una mujer sin cultura a la que va a convencer con cuatro palabritas. No me paro ni ante usted ni ante nadie. Ahora mismo vamos a ir los dos al juez, mi hijo y yo, a decir que reconoció a los violentos que invadieron la plaza. Naturalmente que vio a esa pandilla, y también a su hijo, entrar dando palos en la plaza. En la primera ocasión se calló porque nosotros no queremos jaleos.

»—Escúcheme... —mi señor padre intentaba parar la avalancha. Tarea inútil.

»—Desde luego que los vi —tu Germán, que chulo es un rato, avasallaba a mi padre.

»—Y sin querer jaleos —continuó la señora—, que ya tenemos bastantes con los que nos trae la vida, va y ustedes ensucian a mi hijo metiéndole esas porquerías. ¡Bueno, lo que faltaba!

»—Señora, no tengo ese dinero aquí —mi padre actuando de negociador.

»—Pues sáquelo de donde quiera. Porque del juez iré al periódico, y los periodistas sabrán cuál ha sido la verdad —afirmó la señora, que vaya geniecito y vaya amenazas—. No se me va a reír el primer poderoso que se cruce en mi camino.

»—Dispongo en efectivo de cuatrocientas mil. Pero estaríamos a la vuelta de un tiempo en la misma situación. Usted podría volver a pedirme dinero —explicaba mi padre, que ya había aceptado los hechos, pero intentaba rebajar.

»—No volverá a verme. Pero mi hijo sabrá cómo funciona la vida.

»—No le pagues, papá —esto lo dije yo, metiendo la pata en la habitación y en la situación. No lo pude remediar. Germán se mosqueó, no me esperaba.

»—Magdalena, hija, esto no es asunto tuyo.

»—No le pagues, papá, porque tú no metiste droga a nadie. Y esta señora te está haciendo un chantaje indecente.

»—¿Su hija? —la señora no pienses que se encogió—. Ya me habló Germán. Mira, muchacha, si tu padre no fue lo tiene muy sencillo. Llama ahora mismo a la policía y dice que yo lo estoy chantajeando.

»—Mamá, déjalo. Vámonos —tu Germán pensaba en la retirada.

»—El que metió la droga fue otro señor —aclaré yo haciéndome la enteradilla.

»—Pues todavía más fácil, muchacha. Que tu padre llame a la policía, denuncie a ese fulano y que se sepa que mi hijo no tuvo arte ni parte —me contestó la señora chafándome los planes. Me temo que esta mujer se cogió el trozo más gordo de la verdad. Yo miré a mi padre y vi su inquietud. La tía aquella le había dado jaque mate. Mi padre pagaría lo que le pidieran con tal de evitar el escándalo.

»—¡Magda, vuelve a la cama! —me ordenó mi padre. Creía que yo había metido la gamba y había empeorado las cosas. Razón no le faltaba. Mi padre cerró el negocio—: Señora, le entrego, hay cerca de medio millón en efectivo en este sobre, le entrego esto y dejamos el asunto espero que absolutamente zanjado —porque lo que temía mi padre es que dentro de un mes volviera por más.

»—Déjalo, mamá. Vámonos.

»—¡Cállate! ¡Por medio millón sigues teniendo antecedentes toda tu vida, sigues siendo un delincuente! ¡Y ellos ni se han manchado las manos!

»Fin de la narración. Apañadita vas con esa señora, es capaz de morder. Superior. Y lo más curioso, es que tenía razón. A su hijo le metieron el marrón sin comerlo ni beberlo y ella exigía su parte. Pero, en fin, además de contarte el primer cuento no quiero sacar la... ¿cómo le dicen? Venga, guapa, tú eras la experta con la señorita Vocablos.

—La moraleja —apunté.

—¡Exacto!

—¡Por eso me dijo la señora que lo que le tuviera que decir que se lo dijera a la cara! ¡Creyó que tú me lo habías contado! —empezaba a comprender la serie de sucesos raros del sábado por la mañana—. A todo esto, ¿por qué no me lo contaste?

—Porque se me olvida decirte que, muy educada yo, acompañé a Germán y a su madre hasta la puerta. Y en la puerta Germán Almenar me dijo: «Magda, no se lo cuentes a Raquel. Déjame tres días». Y me cogió el brazo de una manera un tanto brusca, con cierto poderío, de forma muy masculina diría yo.

—Magda.

—¿Pero no quedamos en que te importa un pepino?

—¡Puedo asesinarte! ¿Y después?

—Intermedio, descansa un poco. Me gusta que la vida parezca una novela. ¡Qué ojazos!

—¡Te asesinaré!

Por fin te desternillabas de risa.

—Sigue, por favor —solicité yo.

—¡Sigue, sigue! ¡Imbécil, qué noche nos has dado! Bueno, sábado a no sé qué hora. ¿A qué hora me llamaste? Me lo han preguntado un centenar de veces y no consigo precisarla. Digamos sobre el mediodía. Me llamaste y te mentí, claro. Me hice la sorda. ¡Y te pegaste un cuelgue de teléfono que aún me duele el oído! Sobre las dos y media o así, poco antes de comer, ni que hubiera ido en helicóptero, me llama tu Germán desde la cabina de la puerta de mi piso. Como ves, te puedes volver a fugar. Germán y yo nos hemos visto repetidas veces.

—¿Qué quería ahora? ¡Date prisa, sigue!

—Venía con su abuelo a devolver el dinero. Al menos ésa era la intención de tu Richard Gere, ya no sé si la del abuelo. Había obligado a su abuelo a sacar los billetes del baúl. Yo dudé. Podía hacerlo subir o decírselo a mi padre y, ¡zas!, de repente caí. Pensé que para una cuestión de abuelo lo mejor era una abuela. Llamé a mi abueli, que la tengo al loro de todas las averiguaciones, y cuando le conté que tenía al abuelo de Germán abajo se extrañó. Dijo una de sus frases, algo así como que aún quedan tipos raros. Me preguntó qué pinta tenía, que si era un carcamal. Total que cogió un taxi y se vino. No subió a nuestra casa, por supuesto, anda mosqueada con mi padre. Me disculpé con mis padres, no tenía el estómago para comidas, bajé e hice las presentaciones. No sé cómo habrá acabado el asunto. Te cuento lo que oímos Germán y yo:

»—¿Y a usted qué más le da darle ahora un pellizquito de la herencia? —mi abueli tanteó el terreno.

»—Mire, señora. Por lo que me ha explicado el chaval, que todo no lo tengo claro, yo sé que vengo a hacer el primo. Pero no se piense que soy primo.

»—Usted viene a hacer el abuelo, que aún es mayor parentesco —dijo misteriosamente mi abueli. Me parece que le había salido una horma apropiada para su zapato.

»—En eso estamos de acuerdo. Al parecer mi nieto se empeña en comprar la honra a medio millón el kilo. Lo que no sé es si el que vende la honra la tiene —replicó el abuelo.

»Vaya pareja de abuelos retorcidos. A las jugadoras empedernidas de ajedrez les encantan los contrincantes peligrosos.

»Aquí intervino Germán, aunque poco. Sólo dijo:

»—Abuelo...

»—No te preocupes, chaval, que si lo vale lo pago. Oiga —se dirigió entonces el abuelo a mi abueli—, ¿no habría forma de discutir esto en condiciones? No me gusta negociar en la calle.

»—¿Arroz con magra? —propuso mi abuela.

»—¿De pernil bien curado? —pidió detalles el otro.

»—Conozco un sitio donde lo hacen.

»—Y después, si me hace el favor, me acompaña a una tienda de viento —solicitó el abuelo. Un desvarío que no entendí.

»—¿Viento solano o viento fresco? —tampoco entendí a la abuela pero el tono era de cachondeo.

»—Germán, yo te arreglo el asunto. Ya te veré —fue la última frase del abuelo.

»Y hablando de viento, tu Germán y aquí tu abnegada amiga, nos largamos con viento fresco después de despedirnos cordialmente. Porque eso sí, tu Richard Gere fue caballero y me agradeció mi mediación y mi silencio. Aunque seco y cortante. Mi abuela no ha vuelto a llamarme, cosa rara.

Yo, en este punto de la narración de Magda, me movía en la silla, *chiquitín, chiquitán*, hacía gestos involuntarios, *chiquitín tan, tan*, la vitalidad me desbordaba el cuerpo. Me emocionaba, tenía ganas de llorar, de reír, de saltar. ¡Una flipada!

—Y, nada más llegar de nuevo a mi casa —concluyó Magda—, llamó, al parecer por segunda vez, tu madre. Que dónde puñetas estabas. Imagina lo siguiente, llamadas a las cuatro, a las cuatro y media... A las seis, reunión de padres. A las ocho de la noche, aviso a la policía. A las diez, búsqueda y captura. Y así toda la noche. Como hipótesis cuarta, y última, yo pensaba que habíais huido de luna de miel Germán y tú. Pero nada, eres una sosa.

Salté de la silla, la obligue a bailar, reímos y cantamos. Había desaparecido mi cansancio. Magda se despidió:

—Me voy a dormir. Duermo en mi piso, no me quedo en Calaluna, manías de mis padres. ¡No se te ocurra molestarme, llamarme, enviarme recados ni consultarme lagunas de la narración! Estoy bastante enferma desde que sufrí cierta agresión. ¡Otra vez tengo náuseas! ¡Ni una llamada! ¿Te enteras?

—Magda...

—¡No! —echó a correr escaleras abajo—. ¡Yo no te quiero, te odio!

Increíble, Germán era maravilloso. Fui a la habitación de mis padres y oteé la playa. Nada, no estaba.

Total que mis padres no habían tenido nada que ver, ni Magda estaba conchabada con ellos. ¡Vaya patinazo el mío! Calculé que la tormenta, aunque sin excesivos relámpagos, estallaría el martes. Mañana era el día de mi cumpleaños y continuaría la bonanza. Para el martes llevaría el impermeable bien puesto.

A las diez estaba en la cama. Mañana era mi cumpleaños y él vendría, tenía que venir. Todo lo que había hecho era para no interponer ninguna sombra entre nosotros.

Muy temprano estaba duchada y vestida. Mis padres me habían comprado una platina para discos compactos que se acoplaba a la cadena musical y el último disco de Kenny G. Cuando me felicitó mi madre volvió a tirarme disimuladamente de la melena.

—¿Qué te parecería, mamá, si me cortara el pelo como Magda?

—A mí me gusta como lo llevas —y cuando me retiró el pelo de la cara atacó de nuevo.

Aunque caía una ligera llovizna paseé por la playa. Nada, ni siquiera las cortinas corridas del cielo, podía empañar mi día. Bajo un toldo del jardín vigilé la entrada a la urbanización y el almez. ¡Hoy no podía haberse ido a vender ni acompañar a su abuelo ni nada parecido! Entré de nuevo a la casa. Mi padre leía tranquilamente los periódicos.

—¿No vas hoy a trabajar?

—Hoy no me da la gana. ¿Y qué?

—No te pongas así. Era sólo una pregunta.

—Es que llevo dos días trabajando intensamente.

—Ah, no sabía —le capté la onda y le seguí el juego—. ¿Has estado trabajando en algún proyecto interesante?

—¿Interesante? ¡Y un...! ¡Sorprendente!

—¡Ah! Cuenta.

—¿Te acuerdas de la Plaza de la Posada? Por cierto, me pediste los planos hace un par de meses...

—¿La Plaza de la Posada? ¿Y eso por dónde cae? No la he pisado nunca ni pienso —a ver si ahora me pasaba de lista.

Le puse la cinta de *Europa* y lo dejé con sus periódicos. Me daba la impresión de haber ganado la batalla. Mi escapada servirá para que me permitan salir con Germán. En el fondo, el tema que puso histérico a mi padre era la posibilidad de que el lío de Alfredo hundiera la carrera política de Almusaf. Me callé. No era la noche de san Juan para seguir jugando con fuego. Salí al jardín, paseé hasta el almez y eché un vistazo a la playa, que estaba desierta. ¿Era imbécil integral el tío aquel? ¿Le daba corte venir sabiendo que estaban mis padres? Seguro que había ido a llevar a su abuelo de nuevo al pueblo. ¡Y a saber cómo! ¡Sólo faltaría que lo cogieran llevando un coche «prestado»!

Subí de nuevo a mi cuarto y me repasé la cara. La sombra en los párpados me hacía la mirada profunda. Sonó el teléfono y lo cogió mi madre.

—¡Raquel, es para ti! Magda.

¿Tendría la jeta tan dura de felicitarme por teléfono y no venir?

—¿Magda?

—Es una equivocación. Soy Celestina —me respondió.

—¿Qué?

—Felicidades.

—Gracias. Como no vengas tú, en carne y hueso...

—Es que tú te vas —dijo misteriosamente.

—¿Que me voy? ¿Adónde?

—Oye, Quel, una pregunta. Si a ti te llama un tío tres veces en los tres últimos días, ¿pensarías que se está quedando contigo?

—¿Tres veces en tres días? Te está echando los tejos, Magda. ¿Lo conozco?

—No sé. Pero tiene una boca para morder. Abre bien tus oiditos, *ma chérie*. Me ha llamado Germán Almenar, qué manía ha cogido con mi teléfono, y qué manía tiene la gente con sacarme de la cama.

—¡No te enrolles! ¡Dime! ¡Venga!

—Y dale de una vez tu teléfono.

—¡Magda, porfa, di!

—Parece ser que le da corte llamar a tu casa. Creo que no tiene buen concepto de nuestros padres.

—¡Si no me cuentas pronto te asesinaré en cuanto te vea! —le advertí.

—Te espera donde siempre, él lo ha dicho así. Yo, por si acaso, no os vayáis a perder y volváis a llamarme, le he dicho que precise. En la ensenada.

Corrí hacia mi padre. No había colgado el teléfono, lo cogí de nuevo.

—¡Gracias, besos, muá! ¿Estás ahí?

—Estoy.

—¡Pues eso! ¡Gracias! ¡Muá! —y colgué.

—Papá, el último favor. Llévame hasta la ciudad. No puedo esperar el autobús. Ahora.

Mis padres me estaban mirando. Él cerró el periódico y se dirigió al garaje. Aún lo detuve:

—Ah. Me dejas y te vienes.

—Si me da la gana, niña. Mandas tú bastante últimamente.

Me miré en el espejito del parasol delantero. Podía haberme pintado un poco la boca. Hice detenerse a mi padre cien metros antes de la ensenada. La playa estaba vacía aunque apenas llovía. Intenté caminar sosegadamente pero descubrí que corría y serené el paso. No estaba, no había llegado aún. Miré un segundo el mar, aquel día las aguas eran de plata vieja. Bajé a la playa y caminé hacia mi hueco. ¡Allí estaba su vieja cazadora llena de las rosas rojas del jardín cercano! ¡A dos metros se percibía la fragancia! ¡Estaban listos los dueños del rosal! Miré a mi alrededor y no vi a Germán. ¡Cuando cogí la cazadora descubrí un saxo alto de pabellón de cobre! ¡Un Buffet! ¡Aquel tío era un loco maravilloso! ¡Qué sablazo al abuelo!

Miré de nuevo y lo vi parado en la playa, a veinte metros, las manos en los bolsillos, con su vaquero y su eterna camiseta blanca. Estaba delgado y me pareció más alto. No corrí, no podía correr. Él vino hacia mí con ese andar entre cansino y chulo. Parecía que hacía años que no lo había visto. Me sorprendió el color de sus ojos claros. Se detuvo a un metro de mí.

—Pensaba que no vendrías —dijo, y se quedó mirándome.

—¿Por qué? —pregunté. Descubrí en su mirada un velo de tristeza que heló mi entusiasmo.

—¿No te han dicho que reviento coches, vendo drogas y soy chantajista?

En su rostro asomó una sonrisa amarga. Comprendí que el perdedor de la historia había sido él.

—Sí, me lo han dicho —confirmé.

—Estarán tranquilos, han conseguido lo que querían. Nadie vio a unos tipos que van dando hostias a todo aquel que no les gusta. Si acaso los vio un mierda de traficante, que vive en un mal barrio y también tiene que callar.

Acababa de descubrir su gesto cínico y triste. Yo seguía inmóvil, con la cazadora que envolvía el saxo en la mano. Las rosas exhalaban su fragancia como yo perdía mi inocencia. Repliqué:

—También contará lo que piense yo de ese tipo. Estoy aquí esperándolo.

Me miró. Habían bastado diez días para que la madurez se perfilara en su rostro. De repente avanzó hacia mí. Me cogió de la cintura y echamos a andar por la plaza desierta. Lo observé. Germán miraba a lo lejos, mar adentro, con la concentración del que decide seguir luchando. Olía a sal y a limpio.

Índice

MARÍA ARREGUI

María Arregui es el seudónimo utilizado
por el autor de esta novela, que prefiere mantenerse
en el anonimato.

CARTA AL AUTOR

Los lectores que deseen ponerse en contacto con el autor para comentar con él cualquier aspecto de este libro, pueden hacerlo escribiendo a la siguiente dirección:

Colección ESPACIO ABIERTO
Grupo Anaya, S. A.
Juan Ignacio Luca de Tena, 15. 28027 MADRID

OTROS TÍTULOS DE ESTA COLECCIÓN

Ana y el detective
Jaume Fuster

Ana, gran lectora de novelas policíacas, quiere contratar los servicios de Luis Arquer para que investigue qué le sucede a su padre. Después de algunas vicisitudes, Arquer aceptará el encargo. Los conocimientos de informática de Ana serán decisivos para el esclarecimiento del caso. El contraste entre el escepticismo de Arquer y la candidez de Ana permanecerá en la memoria del lector.

Vampiro a mi pesar
Andreu Martín

Ilya es un joven que vive en una aldea perdida del centro de Europa. Su historia transcurre en algún momento del siglo XVII (¿o quizá del XVI?), pero eso a él no le importa, porque no sabe lo que es un siglo y no sabría escribir el número dieciséis y mucho menos el diecisiete. Su vida podría haber sido tan rutinaria como la de los lugareños, pero todo cambia a partir del momento en que para los otros y para sí mismo se transforma en vampiro. Una lúcida y regocijante metáfora que hará reflexionar con una sonrisa en los labios.

Viaje al interior de la ciudad
Pep Albanell

Quim es un chico de pueblo que vive en Barcelona pero no se encuentra a gusto en la ciudad. Un día decide regresar a su pueblo. Con esa intención compra un billete de tren, pero pierde la cartera donde estaba el billete. Quim sale en busca del mismo y en su recorrido por la ciudad descubrirá aspectos insospechados y encontrará, además del billete perdido, algo más importante: la amistad, la solidaridad y el amor.

Plaga 99
Jean Ure

Fran, Harriet y Sahid sobreviven a una plaga
que ha acabado con la vida de sus padres
y ha dejado a Londres como una ciudad fantasmal.
La descripción de la difícil supervivencia
en una ciudad inhóspita y contaminada
se combina con el relato de las inquietudes
de los jóvenes protagonistas y las continuas referencias
a temas de candente actualidad.

Cero a la izquierda
Andreu Martín

Luis Ramis descubre, no sin cierta perplejidad, que para
Héctor Serralada, un empollón que iba para abogado,
al que no ve desde hace unos cuantos años,
él ha sido y es su mejor amigo.
Héctor se ha visto mezclado en un homicidio
y todos creen que Ramis sabe su paradero.
Luis comenzará la búsqueda de Héctor,
que ahora ha cambiado de vida y es una especie de *playboy*
que trabaja en una discoteca. La investigación
le hará descubrir aspectos ignorados de la ciudad
y conocer a la atractiva y misteriosa Olga.

Tripi
Hans-Georg Noack

Michael admira en Thomas sus cualidades de líder
y la seguridad y aplomo que parece transmitir en su
comportamiento. Pero Thomas empieza a frecuentar
una discoteca en la que conoce a Norbert,
quien poco a poco lo irá introduciendo en el complejo mundo
de la droga. Cuando Thomas quiere abandonar
ese mundo, no le resulta tan fácil. Se verá implicado
en un caso de aparente homicidio y sólo contará
con la ayuda de su amigo Michael.

El regreso de Jack
Manuel L. Alonso

Tras el misterioso asesinato de un niño, una joven periodista, redactora de la crónica de sucesos, empieza a recibir unos extraños anónimos que recuerdan el estilo de Jack el Destripador. Su fervor profesional y el afán de descubrir al autor de los anónimos la llevará a seguir una serie de pistas hasta encontrarse en una situación en que peligrará su vida.

Cuando calla el ruiseñor
Isolde Heyne

Corre el año 2035. Entre las trágicas consecuencias de la avanzada contaminación medioambiental se encuentra el virus V27-7, que provoca una enfermedad mortal a quien lo contrae. Maret Jansen, que ha vivido con relativa despreocupación en una lujosa zona residencial altamente protegida de los perjuicios propios del desastre ecológico, inesperadamente descubre que está infectada. A partir de ese momento Maret se cuestiona sus pensamientos anteriores: el tiempo de la indiferencia ha terminado.

Y el gato dijo fu
Francisco J. Satué

Julián, al que llaman Gato, ha decidido escribir un diario. En él irá reflejando algunos hechos de su vida cotidiana, el barrio en el que vive, las personas que lo rodean, familiares, amigos, el comportamiento de los miembros de la banda del Bronce, su afición al cine. Paralelamente se convierte en un investigador dispuesto a resolver un caso de robos cometidos en tiendas y en el instituto del barrio.

No te laves las manos, Flanagan
Andreu Martín y Jaume Ribera

En esta nueva ocasión, Juan Anguera, alias Flanagan, emprende una peligrosa investigación para demostrar la inocencia de un rival amoroso que ha sido detenido por la policía, mientras en su barrio hierve una insurrección racista. Sin perder su habitual sentido del humor, Flanagan pone en funcionamiento sus habilidades detectivescas; pero, al hacerlo, en esta ocasión pone en juego no sólo su integridad física sino también su integridad moral.

Cuatro gatos
Enrique Ventura

Tom ha decidido practicar buceo en el pantano de Valmoro, un pueblo apacible de la sierra de Gredos. Allí conoce a Bianca, hija de un prestigioso científico investigador de las fuentes alternativas de energía. Su amor por ella le hace participar en una peligrosa empresa. La acción y el humor se conjugan en esta fascinante historia, no exenta de una seria reflexión sobre el mundo conflictivo en que vivimos.

Mujer de ojos marrones
José Ferrer Bermejo

El padre de Silvestre —aquel sorprendente muchacho de catorce años que conocimos en *El ídolo de Aruba*— involucra esta vez a su hijo en un complejo plan para vengarse de un coleccionista de arte robado que en otro tiempo le jugó una mala pasada. El humor y la acción recorren las páginas de esta novela. Silvestre, además de vivir una trepidante aventura relacionada con el robo y la falsificación de un valioso cuadro, conocerá a un curioso personaje que enriquecerá su mundo afectivo.

El secreto de Heinrich
Jo Pestum

En la clase de Hennes ver a un chico nuevo no es nada del otro mundo. Pero ha llegado alguien que se comporta de forma diferente y además tiene un aspecto extraño, parece un indio. Se llama Heinrich. Es más valiente que los demás. Es el único que se enfrenta a la mafia de la escuela, que acecha a los alumnos más jóvenes y los chantajea. También es un amigo estupendo. Sin embargo, existe algo oscuro: nadie sabe dónde vive y, cuando habla de su familia, incurre en numerosas contradicciones...

Hasta lo que sea
Martha Humphreys

Karen Thompson se entera de que una compañera de estudios, llamada Connie Tibbs, está enferma de sida. Ambas coinciden en las clases de laboratorio de biología y les toca compartir pupitre. Todos sugieren a Karen que pida que le cambien de sitio, pero el recuerdo de la amistad que mantuvieron años atrás y una conducta solidaria, hacen que siga a su lado. A partir de ahí Karen tendrá que luchar contra sus propios temores y los prejuicios de quienes la rodean.

Andar entre las estrellas
José María Beá

Alex inicia un viaje a lo largo de la Transmundial, una inmensa autopista que da la vuelta al planeta. Un inesperado «accidente» acabará con su viaje, a consecuencia del cual Alex será condenado al Penal Espacial de la órbita de Ónix. Un S.O.S. intergaláctico les permitirá a él y a sus compañeros de aventuras conocer el misterioso planeta de Orgán, donde descubrirán una diabólica conspiración que pone en peligro el destino de la Tierra.

El clan de los reporteros
Fernando Martínez Laínez

Vicente Sendalta y sus compañeros tienen que conseguir dinero para un viaje de fin de curso a Viena. Esperan obtenerlo con la venta de un periódico escolar y una rifa. Dedicarán un artículo a la historia del instituto. Pero a medida que van confeccionando el periódico, irán descubriendo el inesperado misterio que encierra el sótano del edificio. Y la afición al periodismo se mezclará con la detectivesca. Una trepidante aventura que toca un tema de gran actualidad: la prensa en la escuela.

¡Qué me vas a contar de los marcianos!
Enrique Ventura

Spike trata de mantener en secreto su verdadero nombre —Pablo Alfonso— y el hecho de que toca el violín. A su clase se incorpora Verónica, una chica guapísima cuyo único inconveniente es ser superdotada. Una noche en que Spike acompaña a su casa a Verónica —alias La Biónica—, suceden acontecimientos extraños que constituirán el origen de una asombrosa aventura cuyo desenlace sorprenderá al lector.

El amigo Malaspina
Andreu Martín

«¡Cuéntanos cómo conociste a Malaspina, Otis!» Ésta es la reiterada petición que los compañeros de prisión hacen al narrador protagonista de *El amigo Malaspina*. Otis se hace de rogar. A medida que va desgranando la historia, los prisioneros olvidan el claustrofóbico espacio de la cárcel, navegan por las aguas del Pacífico, a bordo de las corbetas *Atrevida* y *Descubierta*, conocen tierras lejanas, nativos de extrañas costumbres, la temeridad de la bella Anabel de Mondragón, y se asombran ante la conducta ejemplar de ese «héroe necesario» que es Alejandro Malaspina.

Flanagan de luxe
Andreu Martín y Jaume Ribera

En esta nueva aventura de Flanagan, reaparecen algunos personajes de *Todos los detectives*... Nines, la pobre niña rica, sin prever las consecuencias de su conducta, intercede por Ricardoalfonso para que Flanagan lo ayude. Éste accede de mala gana, y desde ese momento se suceden unos trepidantes y peligrosos acontecimientos. María Gual, su antigua socia, también participará en la aventura. Ambos conocerán una mansión en la Costa Brava y compartirán por unos días la vida lujosa y frívola de Ricardoalfonso y los suyos.

Si pudiera recordar
José María Beá

Imposibilitados para poder regresar al planeta Tierra, Alex y su compañera Fani deciden explorar la superficie de Orgán, pero un inesperado fenómeno pone a Fani en una difícil situación. Alex deberá encontrar ayuda para salvar a su amiga y la encontrará en un fantasmal individuo y en una mujer-saurio. Se enfrentará a múltiples peligros y conocerá extraños personajes antes de llegar al Templo de Gonarax, donde, después de superar unas pruebas, hallará la solución para el problema de Fani.

Silvestre y los ladrones de sueños
José Ferrer Bermejo

Silvestre y su padre están de vacaciones. Una noche asisten a un desagradable espectáculo: a un grupo de *negros* se les impide entrar en una discoteca. Tras el consiguiente tumulto, se hacen amigos del grupo. Poco después el hermano pequeño de uno de sus nuevos amigos es acusado de un robo importante y, una vez más, padre e hijo se encontrarán en situaciones de máxima tensión. Lo imprevisible, que siempre aparece en la vida cuando menos se espera, aporta una solución al asunto. La solución no es perfecta, pero no hay otra cosa.